TRENCH COAT

KB193167

TRENCH COAT
by Jane Tynan

TRENCH COAT, First Edition Copyright © Jane Tynan, 2022
All rights reserved.

Korean translation rights arranged with Bloomsbury
Publishing Inc. through ALICE Agency, Seoul.
Korean translation copyright © Bokbokseoga. Co., Ltd., 2025

이 책의 한국어판 저작권은 앨리스에이전시를 통해
Bloomsbury Publishing Inc과 독점 계약한
복복서가㈜에 있습니다.
저작권법에 의해 한국 내에서 보호를 받는 저작물이므로
무단 전재와 무단 복제를 금합니다.

지식산문 ○ 03

TRENCH COAT

복복
복복서가

지식산문 O 시리즈는 평범하고 진부한 물건들을 주제 삼아 발명, 정치적 투쟁, 과학, 대중적 신화 등 풍부한 역사 이야기로 그 물건에 생기를 불어넣는 마법을 부린다. 이 책들은 매혹적인 내용으로 가득하고, 날카로우면서도 이해하기 쉬운 문장으로 일상의 세계를 생생하게 만든다. 경고: 이 총서 몇 권을 읽고 나면, 집 안을 돌아다니며 아무 물건이나 집어들고는 이렇게 혼잣말할 것이다. "이 물건에는 어떤 이야기가 숨어 있을지 궁금해."

_스티븐 존슨,
『탁월한 아이디어는 어디서 오는가』 저자

'짧고 아름다운 책들'이라는 지식산문 O 시리즈의 소개에 전적으로 동의한다. (…) 이 책들은 우리가 당연하게 생각했던 일상의 부분들을 다시 한번 돌아보도록 영감을 준다. 이는 사물 자체에 대해 배울 기회라기보다 자기 성찰과 스토리텔링을 위한 기회다. 지식산문 O 시리즈는 우리가 경이로운 세계에 둘러싸여 있다는 사실을 상기시켜준다. 우리가 그것을 주의깊게 바라보기만 한다면.

_ 존 워너, 〈시카고 트리뷴〉

손바닥 크기의 아름다운 책 속에 이렇게나 탁월한 글이라니, 이 시리즈의 놀라운 점은 존재 그 자체일 것이다. (…) 하나같이 뛰어나고, 매력적이며, 사고를 자극해주고 유익하다.

_ 제니퍼 보트 야코비시,
〈워싱턴 인디펜던트 리뷰 오브 북스〉

유익하고 재미있다. (…) 주머니에 넣고 다니다가 삶이 지루할 때 꺼내 읽기 완벽하다.

_ 새라 머독, 〈토론토 스타〉

내 생각에 이 시리즈는 미국에서 가장 한결같이 흥미로운 논픽션 책 시리즈다.

_ 메건 볼퍼트, 〈팝매터스〉

재미있고, 생각을 자극하며, 시적이다. (…) 이 작은 책들은 종이책을 좋아하는 사람들의 꿈이다.

_ 존 팀페인, 〈필라델피아 인콰이어러〉

권당 2만 5천 단어로 짧지만, 이 책들은 결코 가볍지
않다.

_ 마리나 벤저민, 〈뉴 스테이츠먼〉

이 시리즈의 즐거움은 (…) 각 저자들이 자신이 맡은
물건이 겪어온 다양한 변화들과 조우하는 데 있다. 물
건이 무대 중앙에 정면으로 앉아 행동을 지시한다. 물
건이 장르, 연대기, 연구의 한계를 결정한다. 저자는
자신이 선택했거나 자신을 선택한 사물로부터 단서를
얻어야 한다. 그 결과 놀랍도록 다채로운 시리즈가 탄
생했으며, 이 시리즈에 속한 책들은 그 자체로 하나의
작품이다.

_ 줄리언 예이츠, 〈로스앤젤레스 리뷰 오브 북스〉

지식산문 O 시리즈는 아름답고 단순한 전제를 두었다. 각 책은 특정 사물에 초점을 맞춘다. 이 사물은 평범하거나 예상치 못한 것일 수도 있고, 유머러스하거나 정치적으로 시의적절할 수도 있다. 어떤 사물이든 이 책은 각 사물 이면에 숨겨진 풍부한 이야기를 드러낸다.

_ 크리스틴 로, 〈북 라이엇〉

롤랑 바르트와 웨스 앤더슨 사이 어딘가의 감성.

_ 사이먼 레이놀즈,

『레트로마니아』 저자

매트에게

나는 내 노래에 코트를 해 입혔다.

발꿈치부터 목까지

옛 신화에서 본을 뜬

자수로 뒤덮여 있었지.

_「코트」(1914), 윌리엄 버틀러 예이츠

일러두기

1. 각주는 모두 옮긴이주다.
2. 외래어는 국립국어원 외래어표기법을 따랐으나, 회사명, 제품명 등 일반적으로 통용되는 표기가 있을 경우 이를 참조했다.

차례

들어가며

사람들은 내게 왜 트렌치코트에 관한 책을 쓰느냐고 묻는데, 당연한 일이다. 어쨌든 수많은 형태와 크기의 코트들이 존재하니 말이다. 그중에서도 트렌치코트는 뭐가 그렇게 특별하기에? 사람들은 이러한 부분을 바로 이해하고, 자신만의 트렌치코트 이야기를 시작한다. 내가 트렌치코트에 몰두하기 시작한 것은 적어도 10년 전부터다. 왕립전쟁박물관에서 군복 관련 조사를 하던 중, 트렌치코트야말로 제1차세계대전에서 진정으로 살아남은 유일한 장비일 것이라는 생각이 떠올랐다. 21세기 시점에서 보아도 트렌치코트는 사라질 기미가 보이지 않고, 패션 잡지를 훑어보거나 소셜미디어를 찾아보면 트렌치코트가 끊임없이 등장한다. 딱히 특징이 없어 보이는 이 옷이 이렇게 주목받는 이유는 무엇일까? 트렌치코트의 놀랍도록 평범한 겉모습 속에는 수많은 우화와 허상, 미신과 숨겨진 힘이 존재한다. 제1차세계대전의 유물 중 하나인 트렌치코트는 거대한 전쟁의 잔재일 뿐 아니라 폭력적이고 소외된 미래를 반영하는 존재기도 하다.

시그프리드 서순, 그레타 가르보, 시몬 드 보부아르, 어니스트 헤밍웨이, 필립 말로, 비욘세를 한자리에 모을 수 있는 지난 세기의 문화적 유물이 또 있을까? 트렌치코트는 어떤 힘이 있기에 이것이 가능할까? 트렌치코트는 마치 연금술과도 같은 방법으로 직물과 재료를 융합해 물에 젖지 않는 원단을 만들어냈다. 이렇게 탄생한 유연한 방수 원단이 현대인의 감각에 미친 영향은 결코 과소평가할 수 없을 것이다. 이 소재는 한계를 극복해낼 수 있는 일상 속 부드러운 힘을 물질화했으며, 인간의 신체를 과학적 영역으로 초대해 새로운 세상을 열었다.

트렌치코트는 현대의 불안을 포착하면서도, 직물이나 신체의 자연적 한계를 거스른다. 옷은 인류의 발명품이지만 집을 장식하는 '고정된' 디자인들보다 훨씬 유연하고 유동적이며, 환상을 불러일으키는 존재다. 옷은 우리 몸을 장식하고 우리를 존재하게 하나, 삶의 변화에 따른 흐름 속에 옷을 안착시켜주는 서사가 없다면 사라지고 만다. 패션은 이러한 스타일의 변화에 논리 체계를 부여해 옷들을 지속적인 재창조와 재발명의 주기 안에 가두었다. 옷이 가진 또다른 흥미로운 특성은, 바로 옷이 사람의 몸에 입혀졌을 때만 진정한 생명력을 가진다는 점이다. 옷을 안쪽에서부터 분리한다고 상상해보면, 바닥 위에 남는 것은 한 무더기의 천과 패턴을 찾을 수 없는 뭉텅이들이 뒤섞인 유령 같은 존재뿐일 것이다. 사람이 입지 않은 트렌치코트는 사람의 삶에서 오는 힘을 잃고 불안정하게 헤매며 표류한다. 실체 있는 모습의 잔재이자 유령 같은 존재인 트렌치코트는 이를 입어줄 신체나 결합할 시나리오 없이는 시들어가는 것이다. 마치 식물을 흙에서 뿌리째 뽑아 액자 속에 든 이미지로 고정해버리는 식물 세밀화처럼, 입어줄 몸이 없는 트렌치코트는 사물의 흐름과 동떨어진다. 이 책에서 우리는 트렌치코트 자체를 밖으로 끌어내, 트렌치코트를 입었던 사람들 및 입었던 장소, 우리에게 주기적으로 트렌치코트를 떠올리게 만드는 이미지, 냄새와 소리까지 모두 살펴볼 것이다.

장난스러운 동시에 지극히 진지하고, 불길하면서도 탐나는 매력이 있고, 평범함과 비범함이 공존하는 트렌치코트는 영원한 존재감이 있다. 패션

미디어, 문학, 텔레비전, 만화, 무대 위와 화면 속에서 끊임없이 언급되는 트렌치코트가 과연 우리를 진정으로 놀라게 할 수 있을까? 나는 이 책에서 그 해답을 찾고자 한다. 8개의 장으로 구성해 장마다 주제별 에피소드를 들려주는 이 책은 트렌치코트의 삶과 시대에 대한 유쾌한 성찰이다. 그리하여 트렌치코트의 다양한 용도 및 잘못 사용된 예를 집중적으로 보여주기 위해 역사를 에피소드 방식으로 엮었다. 여기에다 트렌치코트가 현대에 부여한 문화적 서사를 확인하고, 트렌치코트가 진가를 드러낸 주요 사건들에 초점을 맞추었지만 여전히 알아볼 점들이 훨씬 많다.

트렌치코트를 오랫동안 관찰해오면서 나는 그 허구와 모순에 대해서도 잘 알게 되었다. 한 가지 확실한 점은 트렌치코트는 실외에서 입는 옷이며 마치 우산처럼 외출할 때 챙겨야 할 옷이라는 점이다. 무엇을 입어야 할지 고민될 때 결국 트렌치코트를 집어들게 되는 경우가 많다. 내 트렌치코트는 오래되고 낡았으며 칙칙하지만 왠지 모르게 스타일리시하다. 트렌치코트는 여러 가지 단

점들을 가려준다. 내가 종종 궁금해하는 것은, 갈수록 개선되어가는 트렌치코트의 어떤 점 때문에 사람들이 새 코트를 사느냐다. 조사하면서 접한 수많은 광고와 미디어 이미지들을 보자면, 트렌치 코트의 매력은 디테일에 있을 수도 있다. 트렌치코트에 관한 블로그나 미디어의 기사 및 광고는 놀랍도록 실용적인 디테일들에 집중하는 편이며, 이렇게 매혹적인 외적 특징을 한 번만 더 살펴보면 어마어마한 진실이 마침내 드러날 것만 같은 인상을 준다. 어떤 사물을 면밀히 관찰할 때 사람들이 그에 대해 이야기하는 방식을 살펴보면 흥미로운 사실이 드러나곤 하는데, 트렌치코트의 경우 특히 표면에 대한 집착이 있는 것으로 보인다. 자연스러운 현상은 아닐 수도 있지만, 트렌치코트의 표면은 여러 가지 면에서 피부를 모방한다. 매끈한 표면을 가진 이 옷은 마치 가상의 피부가 사물의 자연법칙을 교란하듯 온갖 반응을 불러일으킨다. 트렌치코트에 대해 오래 연구해온 나 역시 이 기묘하게 불투명한 표면에서 무언가 특이한 것들을 발견했다. 이러한 점들 역시 책 전반에 걸쳐 다룰 것이다.

사람들은 노출의 위험으로부터 몸을 보호해주는 트렌치코트의 변치 않는 겉모습에 매료되었지만, 나는 그 표피 아래에 무엇이 숨겨져 있는지도 궁금하다. 트렌치코트의 매혹적인 겉모습도 그 안에 담긴 어두운 비밀을 완전히 숨길 수는 없다. 우리는 문학작품과 영화 속에서 통제를 벗어난 수많은 위험과 우리 몸 사이의 경계로부터 영감을 받은 우화적인 세계를 종종 본다. 밥 딜런이 1965년 발표한 노래 〈지하생활자들의 향수병 블루스〉에서 불길한 캐릭터를 묘사할 때 트렌치코트를 입은 남자는 공허함, 익명성, 위협적인 느낌 등을 적절하게 전달했다. 멕시코의 레온 트로츠키 암살 현장에서, 트렌치코트는 결국 그를 끝장낸 치명적인 무기를

메리언 마시, 1932년.
©에버렛컬렉션.

트렌치코트

숨겨주었다.[1] 트렌치코트는 어두운 구석에서 명예롭지 않은 최후를 목격하고, 언제나 공허함과 절망감을 대변한다. 많은 작가, 예술가 및 철학자들은 다른 스타일들이 과하게 세속적이거나 물질적일 때, 아니면 너무 번듯할 때 트렌치코트를 골랐다. 그렇다고 그들이 뻔하거나 무감각한 스타일을 선택한 것은 결코 아니다. 가장 낯선 곳에서 등장하기에 우리는 트렌치코트가 불가사의하다고 느끼지만, 문학·예술·미디어에서는 치명적인 힘을 발휘하는 것으로 나타나기도 한다. 그렇다면 트렌치코트의 어둡고 위험한 에너지는 어디서 오는 것일까? 이는 우리 인간의 더 원초적인 본능을 가리는 위장막일까? 아니면, 이 불길한 망토가 결국 우리를 실체 없는 존재로 만들게 될까? 이렇게 암울한 결말을 생각하면 트렌치코트는 역사의 뒤안길로 사라져야 하겠지만, 트렌치코트의 끊임없는 매력은 또다른 이야기를 들려준다. 암울하지도, 희망적이지도 않은 이 비밀스러운 트렌치코트는 미지의 세계를 향한 상상력을 자극한다. 트렌치코트는 시간을 뛰어넘고, 약점을 감추며, 환상을 불러일으킨다. 트렌치코트 속에는 자부심도 수치심도 없으며, 성공도 실패도 없고, 자아와 타인도 없다. 그러니 무언가를 숨기기에 완벽한 곳이다.

1. 본질

물질

한 중년 부인이 열일곱 살 딸이 깨우는 바람에 오후 낮잠을 자다 일어난다. 소파에서 일어난 그녀는 딸의 가정교사가 응접실 바로 바깥쪽에 서 있다는 것을 알아차렸다. 이 사기꾼 같은 사람이 주기적으로 찾아오는 것에 분개한 집주인은 방을 나서고, 흉측한 녹색 매킨토시 코트를 입은 가정교사의 몸에서 무언가 사납고 위협적인 것을 본다. 가정교사 도리스 킬먼의 무언의 경멸을 느끼며, 클라리사 댈러웨이는 자신이 부와 안락함 속에서 방종하고 제멋대로인 삶을 살아온 데 대해 잔혹한 심판을 받고 있다고 느낀다. 반면 과묵하고 종교적인 여성인 가정교사는 클라리사가 사랑하는 딸 엘리자베스와 가까워진다. 가정교사 킬먼만 없었다면, 클라리사는 싸구려 코트를 입고 땀을 흘리며 가난에 지친 채로 쓰디쓴 검박함과 정의감을 보여주는 추한 존재에게 시달리지 않아도 되었을 것이다. 1920년대 런던을 배경으로 한 버지니아 울프의 소설 『댈러웨이 부인』에서 녹색 매킨토시 코트를 입은 여성은 클라리사에게 "밤에 맞서야 하는 망령들 중 하나"[1]다. 전쟁과 그로 인한 잔혹함이 지속되는 상황 때문에 변두리로 내몰린 인물인 이 음침한 가정교사는 클라리사에게 큰 불안감을 주는 존재다. 아름다운 집안의 인테리어가 그녀를 숨막히게 한다면, 볼품없는 트렌치코트를 입은 가정교사 도리스의 지친 몸은 클라리사를 더욱 괴롭게 만든다. 사교계 안주인의 내면 세계에서 물질은 파괴적인 진실을 품고 있다.

우리는 물질을 당연한 것으로 여긴다. 물건, 상품, 직물, 옷, 잡동사니, 쓰레기 등은 가공된 것이든 자연적인 것이든 서로 얽혀 복잡한 의미의 그물망을 형성한다. 물질에는 우리가 일상에서 접할 수 있으면서 인간이 아닌 모든 것들이 포함되며, 우리가 삶을 의미 있게 만들기 위해 주변 환경을 구성할 때 우리의 의식 속에 들어온다. 물질이 생각과 느낌을 활성화한다고 말할 수 있지만, 물질이 사건을 구성한다고 말하는 것은 무척 다른 문제다. 철학자 제인 베넷은 인간과 비非인간은 시간과 공간에 걸쳐 끊임없이 물질을 재구성하는 '생동하는 물질'로 얽혀 있다고 말한다.[2] 옷을 단순히 가면이나 허영심의 표현으로 치부할 수도 있지만, 옷은 마치 죽은 물질처럼 보이면서도 놀라운 생명력과 주체성을 지닌다. 옷이 발휘하는 창조적인 힘, 즉 우리를 형성하는 잠재력을 고려하면 옷을 변화하는 물질로 간주할 수도 있다. 인류학자 에두아르두 비베이루스 지 카스트루는 아메리카인디언의 우주론을 토대로 옷이 사람의 영적 내면만큼이나 능동적일 수 있으며, 적절한 맥락에서라면 옷이나 가면이나 다른 피복이 특정한 힘을 활성화한다고 보았다.[3] 겉모습과 본질을 분리하여 장식이 주로 본질적 사실을 숨긴다고 보는 유럽철학의 주장과는 달리, 그는 옷이 몸의 누설성과 가변성에 대해 말해줄 능력이 있음을 시사한다.

트렌치코트에 대한 내 고찰의 기반은 이러한 관점이다. 트렌치코트는 다양한 세계적 사건 및 유명한 서사들을 통한 순환적 경로를 확보해 새로워진 형태로 21세기에 나타났다. 트렌치코트는 장수해왔다는 점만으로도 주목할 가치가 있다. 여기에 더해 울프의 소설에서 볼 수 있듯 이 옷이 신체와 정신 속에서 변형 및 변화하는 능력은 물질의 순수한 생명력을 떠올리게 한다. 트렌치코트는 그것이 차지하는 풍경이나 이 옷을 통해 삶의 방식에 활력을 얻은 사람들만큼 생명력을 지닌 존재다. 또한 트렌치코트는 이 옷을 발명한 사람들만큼이나 다양한 형태로 권력·정치·행동 등을 구성하는 데서 능동적으로 작용해왔다.

　트렌치코트처럼 중요한 물건을 구입할 때는 맹신이 필요하다. 그 물건이 단순히 중요하거나 유용하다거나 미학적으로 아름답다는 정도가 아니라 그 이상을 말한다. 인문사회과학 분야의 새로운 사고 영역인 신유물론은 인간과 비인간 사이의 관계를 완전히 재구성하여 "인간과 물질의 구분을 근본적으로 무너뜨린다".[4] 즉 신유물론은 물질세계와 그 안에 있는 우리의 위치에 대한 재평가를 촉진한다.[5] 우리가 물질적 대상이나 자연환경을 정량화할 수 있고 인지할 수 있다는 믿음을 뒤집는 이러한 논쟁은 언어·주관성·이성에 대한 인문학적 관심이 우리를 둘러싼 환경에 대한 이해를 제한한다는 관점을 제기한다. 인간 중심이 아닌 현실주의를 수용하는 신유물론은 인문학에서 믿는 것처럼 물질이 수동적이거나 통제할 수 있는 대상이 아니라고 주장한다. 디지털의 발전, 급격한 기후변화 및 포스트휴먼의 등장은 인간이 환경을 통제할 수 있다는 기존 개념에 의문을 제기한다. 또한 이러한 발전은 물질세계가 비활성화되어 있고 순응적이라고 간주해서는 설명할 수 없는 복잡성을 만들어낸다. 트렌치코트의 역사를 살펴보는 이 책의 여정을 통해, 가장 산업화된 사물조차 얼마나 생동하고 있고 복잡하며, 비합리적이고 변화무쌍하고 활발한지 볼 수 있을 것이다.

브뤼노 라투르에 따르면 "모든 인간은 자신이 만들어낸 것의 산물"이며 이 관점은 기술과 사물에 우리가 생각하는 것보다 더 많은 기능을 부여한다.[6] 그러나 물건이 일단 세상에 선보이고 나면, 우리는 그 물건이 어떤 역할을 하는지 거의 이해하지 못한다. 이 책은 트렌치코트를 상징적인 아이템이나 인간이 지닌 독창성의 승리 같은 것으로 격상하려는 것이 아니다. 디자인이란 유용한 물건을 만들어내는 행위 자체를 설명할 때 사용하는 단어일 수 있지만, 이 표현은 인간의 능력보다 훨씬 더 높은 수준의 선견지명을 전제로 한다. 나는 트렌치코트를 선정하여 디자인된 사물의 울림을 탐구하고, 사물의 사용가치를 넘어 시대와 장소에 따른 삶과 생명력, 즉 물건의 상징적 가치를 발견하고자 한다. 트렌치코트는 물질에서 유래한 물건이기에 이 책은 시간과 공간에 따른 트렌치코트의 다양한 물질적 변화를 추적해나갈 것이다.

트렌치코트에 대한 일반적인 이해에서부터 시작해보자. 주로 클래식한 디자인으로 간주되는 트렌치코트는 현대 고전의 반열에 든 몇 안 되는 의류 중 하나일 것이다. 그렇다면 우리가 현대문화라고 생각하는 사물들의 분류 체계 내 어디에 트렌치코트를 배치할 수 있을까? 엘리자베스 윌슨에게 의복은 "자아와 자아가 아닌 것 사이의 경계"[7]다. 우리는 여기서 의복이라는 단어를 트렌치코트로 바꾸어볼 수 있다. 트렌치코트는 다른 어떤 의복보다도 우리에게 가공(제작)된 피부이자 표면, 경계, 케이스, 막膜과 같은 의미로 받아들여진다. 트렌치코트가 2017년 뉴욕 현대미술관에서 열린 〈패션은 현대적인가?〉의 전시 아이템에 포함되었다는 점은 의미심장한 일이다. 여기에서는 디자인 역사상 그 중요성이 인정된 몇 가지 의류 아이템이 전시되었다. 우리에게 증거가 필요하다면, 이 사실이 한때 패션 아이템으로 소비되었던 트렌치코트가 청바지, 후디, 미니스커트 등과 함께 클래식한 지위를 얻으면서 '시대를 초월한 아이템' 범주에 진입했다는 증거가 될 수 있을

트렌치코트

것이다. 너무나 흔해서 거의 생각조차 하지 않았던 일상복은 고요한 박물관 내에서 그 모습을 바꾸었다. 큐레이터들은 패션을 사회, 예술, 디자인, 대중문화 및 사회적 기억 내에서 재배치하기 위해 현대적이라는 말이 어떤 뜻인지를 보여주는 일상적 의류 아이템들을 선정했다.[8] 이러한 맥락에서 트렌치코트는 기술적 발명품, 제작된 물건 이상의 지위를 얻었을 뿐만 아니라 새로운 존재 방식에 영감을 준 대상이 되었다. 영웅적 디자이너가 부재한 자리에서, 물질적인 것에는 기원이 없으며 오직 변화의 흐름 속에 있을 뿐이라는 의구심이 자리잡는다.

끊임없이 변화하는 사물은 물질에서 생겨나 순간적으로 형태를 갖추었다가 금방 다른 것으로 변한다. 상업적 자본주의의 프리즘을 통해서 보면 소비자의 취향이 변화를 만들어낸다고 믿고 싶어지겠지만, 트렌치코트의 이야기에서 알 수 있듯이 물건을 이루는 요소는 다양하다. 소재에 대한 접근 방식, 공예성, 기술, 정치, 인간의 욕망, 환경이 주는 영향 등이 그 예다. 트렌치코트는 변화무

〈피아니스트〉(2001) 속 이자벨 위페르.
© 메리 에번스, 로널드 그랜트 / 에버렛컬렉션.

쌍한 존재로, 견고하게 만들어졌으나 우리 눈앞에서 사라졌다가 더욱 새로운 형태로 재구성된다. 그러나 트렌치코트의 상징성과 소재는 반드시 분리해서 생각해야 한다. 트렌치코트를 만든 강화 직물 소재는 분해 속도가 상당히 느리고, 다른 많은 합성섬유와 마찬가지로 자연환경을 해치기 때문이다. 패션은 마치 모든 새 옷의 탄생이 최초인 것처럼 마법과 환상의 극으로 이러한 소재의 현실을 가리려 하고, 결국 옷도 현실적이고 의미 있는 생애를 가져야 한다는 사실을 우리가 옷을 입기도 전에 편리하게 잊도록 만든다. 트렌치코트는 시간을 가지고 놀면서, 이렇게 연극적인 방식으로 시간성과 리듬을 무너뜨려 이러한 물질적 진실에서 주의를 돌리게 만든다. 이 전시에서 드러나듯이, 옷을 아이코닉한 것으로 제시하는 데는 역설이 존재한다. 즉, 세상 속에 견고하고 완벽하게 자리잡은 듯 보이는 물건들이 종종 연약하고 손에 잡히지 않는다는 것이다.

기술

트렌치코트의 기원은 복잡하다. 트렌치코트의 역사는 그 이름을 얻게 된 계기인 제1차세계대전보다 훨씬 전, 초기 방수 의류 실험에서부터 시작되었다. 아마존의 원주민들은 고무나무에서 얻을 수 있는 우유 같은 물질로 신발과 망토에 방수 처리를 할 수 있다는 사실을 발견했다. 유럽에는 발수 의류의 초기 형태인 오일클로스가 있었다. 이는 면직물이나 리넨 천을 끓인 아마씨 기름에 담가 코팅한 것으로, 이 기술은 1700년대 선원과 어부들 사이에서 유행했다. 18세기 계몽주의 시대에 유럽인들은 남아메리카로 다양한 과학탐사를 떠났고 이 과정에서 고무를 사용해 다양한 공예품들을 방수 처리하던 원주민들을 만났다. 1736년 과학탐사를 떠났던 프랑스의 자연학자이자 수학자 샤를 마리 드 라 콩다민은 "아마존의 술리몽스강 유역에 사는 오마구아족이 고무를 사용해 병, 신발, 속이 빈 공, 음용 흡입기를 만드는 것을 관찰"하고 파라고무나무로 만든 라텍스 샘플을 파리로 가져왔으며, "파리로 돌아온 후에 이 샘플로 코트를 방수 처리하는 실험을" 진행했다.[9] 이후 영국에서 이 과정이 산업화되었다.

1823년 스코틀랜드의 화학자 찰스 매킨토시는 비바람에도 견딜 수 있는 소재를 만들기 위해 나프타*로 연화한 고무를 천 두 장으로 감싼 형태의 이중직 원단을 만들어 특허를 냈다. 이렇게 하여 제작된, 고무를 덧댄 면직물은 엄청난 혁신이었다. 찰스 매킨토시사라는 이름으로 시작한 이 회사는 맨체스터의 면직물 생산업체들과 협력했고, 면직물 및 고무 무역에 힘입어 다양한 종류

---

* 원유를 증류하여 얻는 액체 탄화수소로, 휘발성·가연성이 높다.

의 제품을 만들며 큰 성공을 거두었다.[10] 영국 북서부는 영국뿐 아니라 전 세계적으로 '매킨토시 mackintosh'(특징적인 이름을 짓기 위해 철자에 k가 추가되었다) 코트 생산의 중심지였다. 공장에서 의류가 생산된 최초의 사례로, 비바람이 부는 날씨에도 입을 수 있는 이 코트는 '기성복'의 탄생을 알렸다. 이렇게 유럽 소비자들은 최신 기술로 만든 저렴한 옷을 획득한 반면 이 산업으로 인해 원주민들은 자연환경을 약탈당해 고통받았다.

산업혁명과 대영제국이 거둔 성공으로 여겨지는 이 방수 의류 산업은 원료를 채취하고 영국으로 수입하는 과정과 밀접하게 맞물려 있었다. 고무는 남아메리카(나중에는 아프리카와 아시아까지)로 확장된 착취 구조를 통해 유럽인들에게 공급되는 중요한 상품이었다. 남미의 일명 '고무 남작', 즉 고무 농장주들은 수천 명을 고용해 고무를 채취해 유럽 시장으로 보냈으며, 식민지 주민들은 잔혹한 고무 채취 체제하에서 신음했다.[11] 원주민을 노예화하는 것은 대규모 노동력에 의존하는 고무 채취 시스템의 본질적 일부였다. 강제노동과 원주민 경제의 몰락은 현지 주민들이 치른 대가였다. 유럽인들에게 이 놀라운 옷의 대량생산은 발전을 의미했을지 모르나, 경제성장은 체계적인 인간 착취와 환경파괴를 통해서만 가능했다.

영국의 공장 역시 비참한 상황으로, 화재 위험이 높고 독성을 띤 화학물질이 노동자들의 폐를 손상시켰으며 생산 공정의 효율화로 인해 노동자의 숙련도가 낮아졌다. 존 툴리의 설명에 따르면, 화재는 "레인코트 조각들을 하나로 이어붙이는 작업을 하는 사람들에게 끊임없는 위협"[12]이었다. 1865년에는 고무를 단단하게 만드는 과정인 경화 공정이 생겨나, 고무는 탄력 있고 유연하며 수분 흡수율이 낮은 재료가 되었다. 이 경화 공정으로 인해 고무 밴드, 호스, 타이어, 지우개, 신발 밑창 등 산업용 및 가정용으로 사용되는 폭넓은 제품군이 출시되었다. 그중에서도 매킨토시의 '포켓 시포나'는 무척 가벼워서 쉽게 돌돌 말아 주머니에 쏙 넣을 수 있는 레인코트였다.[13] 이 재료의 유연성은 모든 소비재의 고무화라는 영감을 주었지만 저온의 경화 공정 작업을 하는 노동자들은 자주 이황화탄소에 중독되었으며, 이는 1880년대 후반 〈인도 고무 저널〉에서도 강조했던 문제였다.[14] 이렇게 가공된 소재들은 현대의 소비자들에게 안전, 편안함, 안정감 등을 주었을지 모르나 공장 안의 노동자들은 상해 및 중노동, 매일 유독가스에 노출되는 위험으로부터 보호받을 수 없었다.

초창기에는 레인코트처럼 고무 직물로 된 제품

을 만드는 산업을 대기업들이 장악했다. 이 제품을 만드는 데 드는 다양한 공정은 공장에서만 처리할 수 있었는데, 이는 당시 전형적 의류 제조 방식에서 벗어난 것이었다. 고무 의류 제조는 전문 의류 제작 기술을 수용하기 위해 산업적 규모를 갖추었고, 공예 기반 산업의 기계화를 예견했다. 재봉틀조차 의류 산업을 완전히 공장화하지는 못했었다. 다른 의류 제조 영역과 달리, 고무 코트 제조 산업은 최초의 공장제 의류 산업이었다.[15] 전통적 재단법은 고무 처리된 직물을 다루기에 적합하지 않았으며 외주 노동자들은 고무 용액으로 이음매를 봉제하는 등의 작업을 할 수가 없었기 때문에, 산업화된 방수 작업 방식은 의류 산업이 과학으로 방향을 전환하는 계기가 되었다. 기계화, 과학적 작업방식, 제국주의적 원료 채취에 크게 의존했기에 방수 의류 산업은 이윤을 위해 사람들을 희생시키고 기술이 의사결정과 결과를 주도하는 상당히 현대적인 형태의 사업이 되었다.

매킨토시는 소비자들에게 또다른 현대적인 감각을 선사했다. 원래 스포츠를 비롯한 레저활동을 위한 겉옷이었던 매킨토시 코트는 완전히 새로운 생활방식을 만들었다. 사람들을 야외로 끌어내고, 이미 야외에서 일하던 사람들에게는 어느 정도의 편안함을 제공한 것이었다. 영국 군인들은 1800년대 중반부터 매킨토시를 입었지만, 레저가 부상하고 사람들이 야외로 나가 건강한 여가시간을 보내는 것을 즐기게 되면서 민간인들의 레인코트 수요도 증가했다. 1800년대 후반에는 '라이프스타일'이라는 개념도 없었지만, 급격한 변화 속에서 야외 레저활동이 확산되었다. 집 밖으로 나가는 것은 새로운 오락거리가 되었고, 이러한 라이프스타일에 맞게 새로운 유형의 옷이 디자인됐다. 19세기 영국에서 이러한 오락 및 여가 활동이 정리되거나 분류되어 있지는 않았지만, 19세

트렌치코트

기 후반에는 산업자본주의의 요구에 맞추어 점차 합리화되었다.

합리화된 오락은 노동의 도덕적 목표를 확장해 건전한 여가시간의 증대를 포함하게 했고, 이에 따라 새로운 스타일의 의복이 나타났으며 일과 여가의 주기가 조정되었다.[16] 사회 이론가 막스 베버는 이러한 분리를 프로테스탄트 노동 윤리와 경제적 필요라는 프리즘을 통해 바라보았으며, 이는 유럽적 삶의 방식에서 중심적인 요소였다. 이러한 이상은 근면한 노동과 유용한 놀이 양자 모두의 발전을 통해 장려되었다.[17] 편안함이라는 개념에는 신체 보호뿐 아니라 레저용 옷을 입은 사람들이 야외에 있을 때도 편안하게 느껴야 한다는 점이 포함되었다. 과하게 차려입거나 초라하게 입었을 때의 어색함을 좋아하는 사람은 없다. 또한 무방비로 드러난 느낌을 원하는 사람도 없다. 새로운 고무 소재 코트의 부드러우면서도 단단한 성질은 소재 면에서 이에 대한 해결책으로 여겨졌을 뿐만 아니라 사회적 유동성 및 새로운 영역에 접근하고자 하는 욕망도 대변했다. 이렇게 사람들에게 새로운 삶의 방식, 즉 '잘 맞는' 느낌을 추구하는 방식을 제안하는 레저용 의류 산업은 소비자 라이프스타일의 새로운 개념에 힘입어 살아남게 되었다.

발수 레인코트의 출현이 중산층의 부상을 반영했다면, 이제 튼튼한 레저용 의류를 원하는 그들의 수요를 충족하기 위해 시장에 방수 물품들이 넘쳐났다. 여가시간을 발견하고 이를 최대한 활용하는 기쁨을 상징하는 이 레저용 의류들은 더 나은 삶을 약속하는 사회적 열망으로 홍보되었다. 이렇게 하여 이 기적적인 소재는 멋지고 새로운 라이프스타일을 유행시켰다. 승마와 요트, 사냥을 즐기는 빅토리아 시대 신사들의 이미지는 교외의 별장과 상관없는 사람들도 매킨토시와 같은 방수 의류를 구입하게 만들었다. 경화 고무라는 새로운 기술 덕분에 비옷 종류는 저렴하게 구할 수 있는 물건이 되었고, 많은 이들에게 경이로운 소재로 여겨졌다.

레인코트는 사람들을 밖으로 나오게 만들었으며 새로운 기동성을 제공했다. 1897년 조던마시사의 '마른Dry' 상품 카탈로그에는 "걷고, 운전하고, 여행할 때 완전 방수가 되는"[18] 탈부착식 망토와 스커트를 입은 독립적이고 활발한 여성 두 명이 등장한다. 이러한 자유로움은 미국 쇼핑카탈로그 '숙녀들과 아가씨들을 위한 매킨토시'에서도 드러나는데, 스타일리시한 레인코트가 마치 여성과 소녀들을 전에 알려지지 않았던 관능의 영역으로 인도하며 기존의 옷을 넘어서는 에너지를 주는 듯 그려졌다.[19] 이 저항력 있는 신소재는 여성에게 외부의 압박에 영향을 받지 않는 보호막을 주면서 새로운 가능성을 열었다. 동반자 없이도 야외로 나갈 수 있을 만큼 용감한 여성들에게는 관능적인 즐거움이 기다리고 있었다. 젊은 소비자층을 타깃으로 선보인 이 놀라운 방수 의류는 집

안 환경의 족쇄에서 벗어날 수 있다는 점에서 더 연령대 높은 소비자층에게도 어필했다. 이는 여성들에게 매력적인 부분이었다. 1900년 '정품 매킨토시 방수 의류' 광고에서는 보트를 탄 부유한 부부가 맨체스터에서 생산한 망토를 입고는 "오늘날과 같이 발전된 시대, 모든 남성, 여성, 어린이는 방수 의류를 입어야 한다"[20]고 선언한다. 방수 의류는 자유를 향한 감각을 일깨우고, 고지식하고 겁 많은 이들을 집 밖 미지의 세계로 끌어내는 유혹적인 존재가 되었다.

그러나 대량생산된 매킨토시 코트는 저렴한 가격으로 구입할 수 있었기 때문에 얼마 지나지 않아 실용적이고 칙칙한 의류 아이템으로 전락했다.[21] 1800년대 후반에는 부두 노동자, 하인 및 야외에서 일할 수밖에 없는 다양한 직종의 노동자들이 이 옷을 입었다. 수많은 광고들은 자사 코트가 '냄새가 나지 않는다'고 애타게 주장했다. 그러나 인도산 고무는 땀에 젖은 몸과 악취의 대명사가 되었고, 몸 구석진 곳까지 통풍이 잘 안 되어 냄새가 났다. 일부 의류업체는 이러한 악취가 저렴한 옷들에서만 난다고 주장했지만 매킨토시 코트에서 냄새가 난다는 사실은 이미 널리 알려진 바였다. 새로운 기술이 쏟아져나와, 개선된 디자인은 편안하고 위생적이라며 소비자들을 안심시키려 했다. 매킨토시가 원래의 빛을 잃어가는 것은 분명했다.

머지않아 매킨토시는 갑갑하고 투박하기만 한 옷이 되었고, 악취 때문에 장점 역시 평범해져버렸다. 고무 소재 의류는 별나고 어딘가 부자연스러우며, 데이비드 트로터가 클로드 레비스트로스의 표현을 빌려 묘사했듯 "부패하는 냄새, 익힌 것 안에 날것이 침투하는 냄새"[22] 같은 악취의 이미지가 반영되었다. 이 디자인이 애초에 존재할 수 있었던 이유인 부자연스러운 공정, 위험한 공장 및 식민지 시대의 폭압 등이 악취 풍기는 매킨토시 코트와 괴이하게 맞물리며 부정적으로 각인되었다. 이 냄새는 아무것도 모르고 코트를 입은 사람과 그 주위에 있는 사람 모두에게 혐오감을 주었다. 사업을 일으킨 신기술의 경이로움조차 그 볼품없는 겉모습을 가려주지 못했다. 유럽 대륙에서 영국인들은 패션감각이 좋지 않은 것으로 유명했는데, 이러한 이미지는 영국인들이 매킨토시를 즐겨 입는다는 점에서 더욱 굳어졌으며 그 냄새와 흉한 겉모습이 이를 부채질했다. 특히 영국적인 탐닉으로 여겨졌던 매킨토시는 1850년대 프랑스의 공연장에서 좋은 유머 소재가 되었다.[23] 이러한 조잡함, 냄새, 이류라는 이미지, 화학 처리된 겉옷의 도입 등은 모두 매킨토시 코트의 쇠퇴로 이어졌다. 말 그대로, 이 옷은 쿨하지 못했다. 새로운 세기에 접어들면서 고무 의류는 역사 속으로 사라지고 트렌치코트의 시대가 열렸다.

2. 전쟁

참호와 트렌치코트

1918년 미국원정군의 한 대위는 뉴욕에서 리버풀로 향했으며, 포크스톤에 도착해 트렌치코트 한 벌을 구입했다. 그는 막 미지의 여정을 떠날 참이었다. 나중에 그는 "8월에 프랑스군이 우리 집을 훔쳐갔을 때 울 소재 안감은 없어졌지만, 코트는 전쟁 내내 나와 함께했다. 나는 매일 밤 이 코트를 입고 잤다"[1]고 회상했다. 이 대위가 바로 로버트 패터슨으로, 1918년 4월 칼레에 도착했을 때부터 전쟁이 끝날 때까지 트렌치코트는 그의 변함없는 동반자였다. 아무 준비도 없이 참전한 미국 군인들은 서부전선의 참혹한 현장에 도착해 폭력적으로 갈기갈기 찢긴 시신과 풍경을 목격했다. 이 지옥 같은 곳에서 패터슨이 유일하게 의지할 수 있는 것은 트렌치코트뿐이었다. 도착하자마자 목도한 이 끔찍하고 생소한 풍경 속에서 트렌치코트는 그가 적응할 수 있었던 단 하나의 익숙한 대상이었을지도 모른다.

화학 처리된 이 새로운 옷을 언제 처음으로 '트렌치코트'라고 명명했는지는 확실하지 않으나, 1914년 12월 〈펀치〉에는 트레셔앤드글레니사의 '트레셔 트렌치코트'를 6기니에 판매한다는 광고가 실렸다.[2] 제1차세계대전이 발발하고 다섯 달 후, 이 최초의 광고는 트렌치코트의 '바람, 물기, 진흙을 막아주는' 특성을 강조하며 서부전선으로 향하는 군인들을 이끌었다. 이전에 화학 처리

트렌치코트

된 방수 의류를 고급 의류 시장에 판매하는 큰 기업은 버버리나 아쿠아스큐텀 등이었다. 아쿠아스큐텀Aquascutum은 라틴어로 '물의 방패'라는 뜻으로, 군인과 탐험가들을 그려넣은 이미지로 튼튼한 방수 외투 종류를 제작한다는 점을 강조해 브랜드의 명성을 높였다. 버버리도 밀리터리 감각을 더한 스타일리시한 아웃도어 의류 브랜드로 자리를 잡았다. 토머스 버버리의 개버딘 소재는 면사나 모사를 한 가닥씩 코팅해 통풍되는 방수 트윌원단을 만든 것으로 혁신적인(특허를 획득했다) 소재였다. '버버리 오버코트'는 광고 문구가 말하듯 "과학적으로 결합"되어 "건강에 해로운 열을 발생시키지 않고"[3] 비바람을 막아줄 특별한 직조 및 방수 구조를 선보였다. 이러한 혁신 덕분에 옷감의 보호 기능이 겉으로는 거의 드러나지 않게 되었다.

이후 〈펀치〉의 광고는 버버리의 소비자 접근 방식이 어땠는지 보여준다. "스포츠맨과 근무나 여가활동을 야외에서 하는 시민들을 위해"[4]라는 문구와 함께 골프를 치는 부유한 남성의 이미지를

1916년 아쿠아스큐텀의 방수 군복 코트 광고. 비와 추운 바람을
막아주는 군용 트렌치코트로, 안감은 울 소재였으며 플리스, 모피
또는 가죽으로 제작한 탈부착 가능한 안감이 있었다.
©일러스트레이티드런던뉴스/메리 에번스.

실었다. 이 번듯한 이미지에는 합리적인 오락과 군사적 모험에 대한 사회적 열망이 녹아 있다. 제 1차세계대전 때는 영국 전역에서, 특히 잉글랜드 지역을 중심으로 많은 업체들이 '트렌치코트'를 만들었다. 서부전선 장교들의 복장 중 선택 품목이었던 이 코트는 전쟁 당시 전원 지역을 가로지른 불길한 참호trench에서 이름을 따왔다. 이 코트는 규정상 문제가 되는 품목은 아니었으나 장교들만 입을 수 있었다. 영국군 보병은 부츠, 군화, 군모, 각반, 재킷 및 그레이트코트* 등으로 구성된 정규 군복을 착용했다. 그레이트코트는 '규격 외' 품목으로, 참호에서는 입을 수 없었고 보통 군인들의 배낭과 함께 전선 뒤쪽에 방치되었다.[5] 진흙에 쉽게 짓눌리고, 번거로우며 물에 젖으면 무거워지는 그레이트코트는 실용성 없기로 악명이 높았다. 장교들은 전장에서 기동성을 높이기 위해 보다 실용적인 트렌치코트, 즉 더 가벼운 외투를 구입할 수

---

* 제1차세계대전 초반까지 군인들이 입던 길고 무거운 군용 외투.

있었다. 제1차세계대전 당시 영국군 규정에서 외투는 에밀 찰스 라비스 사령관이 개발한 표준 패턴을 따랐는데, 그는 "외투 또는 망토의 일반적인 형태나 스타일은 (…) 전체적으로 재단되고, 허리의 벨트로 몸에 맞게 조일 수 있고, 아래쪽 스커트 부분은 종아리 중간까지 내려오는 옷"[6]이라고 정의했다. 이와 같은 군복의 형태가 트렌치코트의 스타일이 되었다.

코트 자체의 역사는 이보다 더 오래전으로 거슬러올라간다. 신체의 윤곽을 드러낼 수 있는 재봉 기법인 테일러링의 도입으로 탄생한 옷인 코트의 어원은 망토mantle 또는 로브robe라고 알려져 있다. 고대 프랑스어 코트cote는 '코트, 가운, 튜닉, 겉옷'[7]을 의미했다. 트렌치코트에는 18세기 신사들이 입었던 프록코트에서 유래한 '프록'*이라는 이름이 붙여졌다. 프록코트는 당시에는 사회적 예의를 나타내기 위한 의복 코드였지만, 몸에 더 여유 있게 맞는 현대적 스타일이 도입되고 오버코트가 사회적으로 더 넓은 집단에 퍼지면서 프록의 특징은 사라졌다. 20세기 초 허리에 잘 맞는 트렌치코트가 등장하면서 편안한 실루엣의 의미가 반전되었다. 몸의 윤곽을 드러내는 것은 한때 남성적인 힘과 권력의 상징이었으나, 이제는 자제력 있고 도덕적인 남성의 이미지로 재탄생했다. 트렌치코트는 20세기 들어 처음 등장했을 때 신선하고 새로운 디자인이었을지 모르지만, 허리를 조이면서도 느슨한 실루엣이 결합된 그 스타일은 도리어 예전의 남성다움에 대한 향수를 불러일으켰다. 어깨와 허리를 강조해 전통적인 힘의 상징을 되살리면서도 다른 신체 부위는 가려준 것이다. 단단하면서도 부드럽고, 망토 스타일이면서도 몸 윤

---

* 코트에 달린, 허벅지 아래나 무릎까지 내려오는 풀 스커트 형태의 옷자락.

곽에 맞게 재단되었으며, 고급스러우면서도 저렴한 옷이었던 트렌치코트는 스타일과 애티튜드가 어우러진 하이브리드 형태로 등장했다.

영국군에 징집된 장교들의 수를 고려하면, 트렌치코트 제조사들에게 전쟁은 사업을 키우기에 좋은 기회였다. 전쟁과의 연관성을 강조하기 위해 이름이 바뀌거나 용도가 변경된 수많은 소비재들과 함께, 트렌치코트 특유의 군복 느낌은 애국적인 민간인들에게도 어필했다. 영국군 연대에서 싸웠던 장교들은 민간인들과 같은 소매점에서 트렌치코트를 구입할 수 있었다. 전쟁 전의 군대 구성과는 달리, 초기의 모병 운동으로 인해 영국군 연대는 군복 입은 민간인들로 채워졌다. 트렌치코트는 런던의 군용품 전문점인 개머지스 등에서 판매되었으며, 1915년 〈태틀러〉는 "영국의 '파란 경찰 제복'과 '카키색 군복'을 입은 남성들을 위한" 선물 제안 광고에서 군용 트렌치코트를 소개했다.[8] 트렌치코트는 일상적인 소비재로 선보여, 프랑스와 벨기에의 참호와는 거리가 먼 민간인들도 쉽고 저렴하게 구입할 수 있었다. 영국 육군성의 복장 규정에서도 볼 수 있듯, 트렌치코트는 장교들을 위한 선택 품목이었으며 규정상 허용된 방수 외투 품목은 '방수 망토'가 유일했다.[9] 정규 복장도 아니고 일반 사병들이 입는 옷도 아닌 트렌치코트의 위치는 어딘가 어중간했다. 패터슨처럼 이동중인 미국 병사는 프랑스로 파견되기 전에 영국 해안 마을에서 쉽게 트렌치코트를 구입할 수 있었다. 패터슨과 같은 이들에게 전쟁은 긴박한 현실이었지만, 트렌치코트를 쉽게 구입할 수 있게 되면서 그러한 환상이 누구에게나 열렸다. 민간인들도 지역의 백화점에서 자신만의 군복을 구매할 수 있다.

런던 웨스트엔드 지역의 케네스 듀워드 역시 경쟁이 치열한 레인코트 시장에 뛰어들어 자체 제작한 '듀워드 트렌치코트'를 판매했으며, 잼브린 사는 바람 부는 풍경 속 잘생긴 육군 장교들의 모습을 섬세하게 담은 석판화 광고(왕립 전쟁박물관 포스터 컬렉션에 소장되어 있다)를 제작해 상품을 홍보했다.[10] 전쟁 당시 아쿠아스큐텀의 광고는 1916년 프랑스에서 대대를 지휘하는 중령이 쓴 것으로 보이는 편지의 한 구절을 다음과 같이 인용했다. "나는 이곳에서 6개월간 참호에 있으면서, 플리스 안감이 달린 아쿠아스큐텀 코트를 혹독하게 시험해볼 수 있었다. 젖지 않고 비를 막아주는 품질에 칭찬밖에 할 말이 없다."[11] 트렌치코트를 입은 장교를 그린 그림에서는 벨트와 바람을 막아주는 플랩, 어깨의 견장 및 체온 유지를 위한 소매 고리 등이 달린 클래식 스타일의 트렌치코트를 볼 수 있다. 엘리트 군대의 이미지는 트렌치코트를 소비재 시장에 판매하는 데 아무런 방해도 되지 않았다.

전쟁 기간에는 다양한 형태의 코트가 등장했다. 어떤 코트는 지도를 젖지 않게 보관할 수 있는 큰 주머니가 달려 있었고, 플랩과 벤트*를 영리하게 배치해 자주 발생했던 땀이 차는 문제를 해결하기도 했다. 뛰어난 방풍 구조와 다양한 외부 디테일들은 가볍고 편리하며 편안한 디자인을 만들어냈다. '타이로켄Tielocken'†에는 클래식 트렌치코트를 형성하는 많은 디테일들이 들어가 있지만, 아쿠아스큐텀 버전과는 달리 단추가 없어 날씨 변화에 따라 더 쉽게 조정할 수 있었다. 기존 더블 브레스티드‡ 스타일에 혁신적인 여밈 구조를 갖춘 이 코트는 특징

---

* 뒤트임.

† 단추가 없고 벨트로 여미는 형식의 트렌치코트로 버버리가 제작했다.

‡ 상의의 좌우 앞판을 겹쳐서 잠그는 방식으로 단추가 두 줄로 달린 스타일. 타이로켄 스타일 코트는 이 스타일을 따르되 단추가 없다.

적인 어깨 견장과 허리 벨트로 트렌치코트만의 독특한 품격을 더했다. 찬바람이 부는 날에는 몸을 따뜻하게 감싸주고, 따뜻한 날에는 가볍고 시원한 이 코트는 분명 미래형 외투처럼 느껴졌을 것이다. 전쟁 기간에 이 발명품은 사기를 북돋아주었다. 전투에 노출된 몸을 보호하고 경이로운 기술로 전선의 군인들을 위험에서 보호해준다는 환상을 불러일으켰기 때문이다. 버버리는 '타이로켄' 광고 맨 위에 '안전—편안함—차별성'이라는 문구를 넣었는데, 이는 공장에서 생산한 물건들도 맞춤복의 뛰어난 품질을 유지할 수 있다는 인상을 주기 위해 많은 기업에서 사용하던 수법이다. 트렌치코트의 경우 많은 것이 바뀌었지만, 놀랍게도 아무것도 흐트러지지 않았다.

위장과 오염

트렌치코트는 소비자들에게 새로운 것을 선사했고, 트렌치코트를 가능하게 한 특별한 의류 기술에 대한 기대감도 커졌다. 전시의 기술은 세기 초 다양한 변화를 겪으며 군복 디자인에도 영향을 주었다. 산업화된 현대의 전장에서 의복은 생존의 핵심요소가 되었다. 새로운 군사기술로 인해 눈에 잘 띄는 요소가 있으면 죽을 수도 있던 제1차세계대전의 군인들에게 기능적인 위장은 필수적이었다. 위장의 전술적 이점을 고려해, 영국군 및 다른 많은 군대들은 병사들을 눈에 덜 띄게 만들어주는 디자인을 개발했다. 항공 정찰 및 무연 화약은 전투중인 병사들을 치명적인 위험에 빠뜨렸고, 군에서는 눈에 띄는 아이템 때문에 전장에서 표적이 될 수 있다는 사실을 빠르게 깨달았다. 장교들의 눈에 띄는 복장은 곧 위험을 뜻했고, 이로 인해 승마 부츠, 가죽 각반 및 폴 퍼셀이 '드라마틱하게 재단된 승마 바지'[12]라고 묘사한 기존 군복에 의혹이 생겼다. 화려한 디자인이 장교들을 너무 눈에 띄게 만든 것이다. 전장에서 뽐내던 화려함에서 벗어나, 전투원들을 보호하기 위한 다양한 기능적 스타일들과 함께 실용적이고 편리하며 색이 칙칙한 트렌치코트가 등장했다. 얼마 지나지 않아 빈거로운 군용 외투는 가볍고 발수 기능이 있는 코트로 대거 교체되었다.

트렌치코트는 새로운 형태의 전쟁과 함께 현대 세계의 문턱에 다다랐고, 민간인들의 눈에는 신기술이 적용된 이 옷이 신비롭게 보였다. 군복 공장의 생산능력이 전쟁 수요를 따라가지 못해 군복 제조가 민간 분야로 넘어가자, 의류업체들이 장교들에게 대량생산된 군복을 공급하게 되었다. '새로운 테일러링'의 등장과 맞물려, 레인코트 업계는 주문제작과 대량생산을 동시에 구현한 제품으로 홍보할 수 있었다. 이제 소비자들은 새 빌로에서 만든 것 같은 고급 맞춤 정장보다 훨씬 저렴한 가격에 좋은 품질의 기성복을 살 수 있다고 믿게 되었다. 이러한 환상은 구릉지의 엘리트 군인이라는 전장의 이미지로 완성되며, '맞춤옷' 스타일과 과학적으로 제작된 외피가 결합하여 새로운 현대적 감각을 만들어냈다. 이렇게 물자들이 군인들의 몸에 과학과 기술의 힘으로 신화적 힘을 불어넣었을 수도 있겠지만, 서부전선의 전쟁터에서는 포탄 파편, 탱크 및 유독가스로 인한 피해가 현실화하고 있었다. 작가들은 전쟁에서 많은 이들이 겪는 순수성의 상실에 대해 묘사할 때 흔히 그 배경으로 제1차세계대전의 참호를 선택한다. 군인들이 방어를 위해 머물렀던 참호들은 그들이 처한 위험을 반영하듯 조잡하고 허술하며, 더럽고 축축한 데다 악취도 나는, 그야말로 비참한 곳이었다. 시그프리드 서순은 『여우 사냥꾼의 회고록』이라는 작품에서 조지 셔스턴의 가면을 쓰고* 참호 안의 처참한 장면을 묘사한다. 흙구덩이 참호 안에 들어선 그는 친절한 중대장 바

당피에르, 1916년 7월(캔버스에 유채).
ⓒ프랑수아 플라멩(1856~1923), 프랑스 육군박물관 소장 /
브리지먼이미지 제공.

트렌치코트

튼 대위가 "양철 머그컵과 반쯤 빈 위스키 병이 놓인 투박한 탁자 앞의 상자에 앉은" 것을 본다. 그의 어깨는 구부정했고 트렌치코트의 깃은 귀까지 올라와 있다.[13] 이 "우울하고 비좁은 작은 장면"에서, 칙칙한 트렌치코트는 눅눅하고 퀴퀴한 냄새가 나는 공기, 철조망과 모래주머니, 천장에서 떨어지는 석회암 조각 및 깜박이는 노란 촛불과 어우러져 참호의 모습에 생동감을 부여한다.[14] 폴 퍼셀은 전쟁이 "환상적인 것을 일상으로 만들고 차마 입에 담을 수 없는 것을 정상화한다"고 보았다. 이는 끝없이 반복되며 기괴한 획일성을 띠는 이 황량한 은신처들의 구조 속에 그대로 반영되어 있다.[15] 군사기술은 신체를 찢어발길 새로운 방법을 찾아냈고, 감히 아무도 수습하지 못해 무인지대†의 나무에 매달린 채 방치된 시신들이 그 참혹한 결과를 증명했다. 대량학살이 진흙을

* 이 작품은 서순이 본인의 이름 대신 조지 셔스턴이라는 허구의 인물을 내세워 쓴 자서전 3부작 중 하나다.
† 교전 중인 적군 사이에 설정된, 아무도 들어갈 수 없는 지대.

붉게 물들였다. 이렇게 기괴한 물질적 변형을 일으킨 전쟁은 메리 더글러스가 "제자리를 벗어난 사물"[16]이라고 묘사한 개념과 맞닿아 있다. 오염을 구성하는 것들에 대한 그녀의 통찰은 신체를 위험으로부터 차단하기 위해 모든 종류의 보호적 특성을 동원해 디자인한 표피(불침투성을 강화한 트렌치코트의 소재)가 아무런 보호 기능도 못한다는 역설의 핵심을 꿰뚫는다. 막상 현장에서는 군인들의 몸이 즉시 타격을 입는다. 위험으로부터 몸을 완전히 보호할 수 있다는 신화는 프랑스와 벨기에의 전장에서 산산조각이 났다. 이는 트렌치코트를 폭력과 고통의 불길한 영역으로 끌어들인 일들, 즉 전쟁터에서 벌어진 일들을 이해하는 데서 중요한 의미를 지닌다. 트렌치코트는 불멸의 코트였을지는 모르나 참호에서 죽음과 부상을 막아주는 방패는 아니었다. 현대세계는 경이로운 동시에 지옥과도 같았다. 조각조각난 시신과 초토화된 서부전선은 질서와 안전을 기반으로 하는 미래에 대한 환상을 무너뜨리기에 충분했다.

트렌치코트는 대량살상을 마주했을 때 기이한 위안이 되었다. 서부전선 참호의 디스토피아적 모습은 나중에야 알려졌고, 전쟁 당시에는 민간인들에게 트렌치코트가 지상전 및 해전에서 더 나은 성과를 거둘 수 있다는 희망을 주었다. 이토록 화려한 코트의 이름을 왜 그렇게나 디스토피아적인 풍경에서 따왔는지 의문이 들 수도 있으리라. 후방에는 튼튼한 트렌치코트를 입은 군인들의 이미지 등 군사영웅주의적 환상이 가득했고, 시간이 갈수록 재앙처럼 보이는 무언가를 가리는 얇은 베일 같은 것이 있었다. 불안에 대한 방어수단인 이미지는 복잡하고 고통스러운 분쟁의 현실을 더 입맛에 맞는 버전으로 바꾸어주었다. 전쟁영웅들이 굴곡진 전장에서 식별 가능한 적을 마주해 용감하게 싸우는 모습으로 말이다. 사람들은 군복을 일상과 동떨어진 것, 세련된 모험의 멀고도 화려한 상징 정도로 인식하는 데 익숙해져 있었다. 이 전쟁을 통해 군대 경험은 신비의 장막을 벗었는데, 거기에는 칙칙한 카키색과 마찬가지로 칙칙한 트렌치코트가 후방에도 보급되면서 군복 스타일이 시각적·물질적으로 전장이 아닌 곳에서도 받아들여진 탓도 있었다. 그러나 트렌치코트는 단지 전시의 이미지가 아니라 집에서 전장으로 이동하기도 하고 때로는 돌아오기도 하는 중요한 아이템이었다. 예를 들어 귀환하는 군인들은 집으로 돌아가는 길에 트렌치코트를 보았을 가능성이 높다. 전쟁에서 돌아오는 참전용사들에게, 자신이 속했던 전방 부대의 대위급이 입던 것과 비슷한 트렌치코트를 은행의 담당 직원이 입었다 한들 전혀 이상하지 않은 일이었을 것이다. 만약 그가 전쟁 기간에 모집된 '임시직 신사'*였다면, 그도 트렌치코트를 가졌을 테고 말이다. 만약 그가 운이 좋았다면, 코트 역시 다치지 않고 함께 집으로 돌아왔을 것이다.

포스터와 광고 속에 나타나는 승리와 남성적 육체의 이면에는 군대에 의해 제도화된 몸에 대한 사악한 이야기가 도사리고 있다. 정신과 육체를 통제하기 위해 디자인된 군복은 소비자들의 흥미를 끌지 못했지만, 트렌치코트는 밈이자 사물이고, 기념품이자 통합의 상징이며, 말로 표현할 수 없는 고통의 대명사로서 많은 걸 의미할 수 있었다. 그와 동시에 폭력의 일상화를 상기시키는 존재이기도 했다. 전쟁의 재앙 속에서 탄생한 트렌치코트는 그것이 자리했던 풍경만큼이나 생동하고 살아 있으며, 동시에 어둡고 냉혹한 대상이었

* 세계대전 당시 군대 인원 부족으로 상류층이 아닌 하층 및 노동계급 출신 가운데 추가 모집한 장교. 전후 원래 계급으로 돌아갈 것이라는 의미가 담긴 호칭이었다.

다. 전시의 담론은 사람을 최전선으로 보내는 것에 집중됐다. 민간과 공공의 다양한 기관들에서는 야외에서 트렌치코트를 입은 사람, 즉 군복을 입은 민간인의 이미지를 영국 대중문화 전반에 걸쳐 피뜨렸다. 야외 활동의 즐거움과 전쟁을 결합하고, 위험을 일상화하며, 해외에서의 전쟁 모험 판타지를 만들어냄으로써 트렌치코트는 후방의 군사화를 상징하는 아이템이 되었다. 유행하는 형태로서 트렌치코트를 입은 사람의 이미지는 매력적이었으며, 이는 군인과 요원을 모집하는 프로파간다에 쓰였다. 참호의 끔찍한 실상이 알려진 뒤에도 트렌치코트라는 이름이 계속 사용되었다는 점은 군사화 서사가 얼마나 일상화되었는지를 일깨워주는 소름끼치는 증거일 것이다.

트렌치코트 이야기를 통해 대중 소비 패션을 다각도로 예견할 수 있는데, 특히 합성섬유를 사용했고 공장에서 생산한 옷이라는 점이 그렇다. 트렌치코트는 제1차세계대전의 정치와 복잡하게 얽히면서 폭력을 일상화하고, 산업 생산성을 향상하며 사회적 이동성을 제공하는 등 다양한 의미를 지니게 되었다. 무엇보다도 트렌치코트는 대량 생산이 용이했고, 영국 기업들이 고무라는 천연 자원에 이어 화학 산업 공정을 활용할 수 있었던 점 덕분에 막대한 이익을 창출했다. 산업화된 미래를 위해 신체를 양식화하는 대규모 프로젝트의 일부로서, 트렌치코트의 역사는 실용성과 패션이 계속 만나는 과정을 포함하게 될 것이다.

3. 이동성

여가와 노동

댄디족,* 안경을 쓴 케임브리지 학자들, 바쁜 변호사들, 목사의 부인들, 퇴역 장군들, 다양한 애완견들. 작가 조지 오거스터스 살라는 1880년대 후반에 카프리 해안 절벽에서 이런 이들을 보았다. 그는 절벽에서 마주친 이토록 다양한 영국인 관광객 중에서도 "격자무늬 슈팅재킷†을 입은 왕실 각료들" 및 "방수 코트를 입은 부주교들"[1] 등 고위층

* 18세기 말에서 19세기 초 영국에서 극도로 우아하고 세련된 스타일을 추구했던 젊은 남성들.

† 실용적인 아웃포켓과 등판 주름이 있으며, 총을 메기 위해 오른쪽 어깨에 가죽을 덧댄 남성용 재킷.

방문객들에게 가장 깊은 인상을 받았다. 영국 상류층의 실용적인 옷차림은 눈에 잘 띄었으며, 희화화하기에도 좋았다. 조지 오웰에 따르면 유럽 대륙의 신문에서 이들은 "외알 안경을 낀 귀족, 실크 해트를 쓴 사악한 자본주의자, 버버리 코트를 입은 독신녀"로 그려졌다.[2] 그는 부동산을 소유한 계층이 영국의 국민성을 대표할 수 있다는 개념에는 이의를 제기했지만, 영국인들이 대체로 "지나치게 계급을 구분하고, 스포츠에 집착하는 편"[3]이라는 점은 어느 정도 인정했다. 영국에서는 옷이 사회계급을 뚜렷하게 구분하는 역할을 했고, 상류층의 복식 스타일은 스포츠 취미를 중심으로 형성됐다. 조지 오웰이 『영국 사람들』을 집필하던 1940년대에는 여가의 패턴이 변하면서 스포츠웨

트렌치코트

어가 더 넓은 계층으로 확대되었지만, 여전히 지배적이었던 상류층 이미지의 매력은 유효했다. 토지를 소유한 귀족 계층의 분명한 특권은 그들의 여가 생활을, 더 나아가 그들의 복식을 낭만화했으며, 그 덕분에 트렌치코트는 계속해서 매력적인 아이템으로 남았다. 트렌치코트의 원래 목적은 전쟁 때 장교단과 보조부대들이 장비하고 그 외 다양한 임무를 수행하기 위한 것이었지만, 이 옷은 계급 간 긴장을 피할 수 있을 것 같으면서도 그 체제 안에 견고하게 자리잡은 엘리트주의적 감각을 유지하고 있었다. 이러한 역설에 대해서는 나중에 트렌치코트를 '헤리티지' 패션 아이템으로 재탄생시킨 다양한 마케팅 기법을 통해 더 알아볼 것이다.

트렌치코트는 앵글로색슨의 귀족적인 이미지와 함께 전쟁 당시 울창한 숲을 배경으로 한 엘리트 군인들의 이미지에 힘입어 전성기를 맞이했다. 1956년 출간된 낸시 밋퍼드의 저서 『노블리스 오블리주』는 영국 귀족들의 특징을 흥미로우면서도 속물적인 삽화를 통해 보여주며 조지 오웰이 경멸했던 영국인의 전형을 그려낸다. 이 책의 에세이 작가 중 한 사람인 앨런 S. C. 로스는 언어적 계층 지표를 분류한 사람으로, 1950년대에 사용된 '버버리와 레인코트'라는 표현은 "상류층을 일컫는 다소 구식 표현"으로, 상류층이 "값비싼 매킨토시 코트"[4]를 신호히기 시작한 1914년 이전에 널리 퍼진 명칭이라고 결론짓는다. 『노블리스 오블리주』의 여러 재치 있는 내용 가운데서도 이 부분이 특히 흥미롭다. 저자는 트렌치코트를 전쟁 전 상류층의 라이프스타일과 연관지어 20세기 중반까지 이 옷이 대중의 인식 속에서 독점적인 지위를 확보하고 있었다는 사실을 확인해준다. 검소하고 궁핍한 전쟁의 잔영은 뒤로 하고 말이다.

영국의 고풍스러운 집들과 귀족적인 예법이 사

라지던 시기, 밋퍼드의 책은 사라져가는 세계에 대해 많은 사람들이 느끼던 우수의 감정을 포착하는 동시에 중산층이 부상하는 상황에서 옛날을 되살리고 싶어하는 숨겨진 욕구를 드러냈다. 작가에게 트렌치코트(책에서는 매킨토시라고 칭했다)는 전쟁이 불러온 사회적 변화에 물들지 않은, 귀족적 특권이 있는 고풍스러운 세계를 상징한다. 이 책 외에서 트렌치코트는 "주로 군대나 가사 서비스처럼 개인을 구분하지 않는 활동에 맞춰진 실용적이고 기능적 의복"[5]으로 여겨졌다. 트렌치코트는 세계를 바꾸는 결단을 내리는 사람들을 상징한다기보다는, 삶을 송두리째 바꾸어버린 재앙과 같은 전쟁에 휘말린 노동자와 민간인들을 위한 옷이었다. 그러나 밋퍼드나 그녀와 함께한 에세이 작가들의 인식 속에서 '버버리'는 상류층의 라이프스타일과 연관되어 있었다. 대량생산으로 널리 보급된 트렌치코트는 특별하거나 화려한 옷이 아니라 다양한 업종에서 입을 수 있는 튼튼한 작업복으로 군인, 하인, 공장 노동자가 입었다. 전쟁이 역사 속으로 사라진 후 트렌치코트는 군사력과 중산층·

상류층의 지배력을 상징하는 옷으로 재탄생했다. 트렌치코트를 입은 영국인의 신화적 이미지는 이 옷이 전쟁 물자를 생산하는 노동자들이 입은 옷이라는 현실을 대체하고, 그 변모한 경험을 상징적으로 나타냈다.

여성들은 1910년대부터 군대에 복무하거나 다른 전시 업무를 맡으며 트렌치코트를 입었다. 전쟁 관련 일자리에 뛰어든 건 노동계급 및 중산층 여성들로, 이들은 산업·농업·상업·행정 분야에서 일했다. 1916년 이후에는 가사노동과 의류 제조 분야의 낮은 임금과 상대적 자유 부족에 불만을 품은 여성들이 공업 및 화학산업 분야로 넘어왔다. 트렌치코트의 경우, 예를 들어 제1차세계대전 당시 영국군의 무기와 탄약을 만들던 공장인

런던의 울위치 군수품 공장에서 일하던 여성들이 입은 것을 볼 수 있었다. 군용 장비 제작의 위험성을 고려할 때, 이 위험하고 정밀한 작업을 위해서는 적합한 장비가 필요했다. 여성 노동자들은 기계를 조작하고, 기폭 장치를 조립했으며, 총알을 채우고, 탄피 케이스를 만들었다.[6] 군수품 공장은 폭발사고 위험이 높았으므로 작업자들은 스파크가 튀지 않도록 나무로 만든 신발을 신고 보호복을 착용하는 등 엄격한 유니폼 착용 규칙을 따라야 했다. 장신구나 헤어핀을 착용하는 것도 금지되었다.[7] 벨트 달린 코트를 입은 익명의 여성 일곱 명이 등장하는 한 사진에는 런던의 왕립 군수품 공장 내 방호복 착용 규정이 나타나 있다.[8] 이러한 사진은 전시 여성들의 기여를 홍보하기 위해 연출된 것으로 보인다. 이 사진에서는 민간인들도 전쟁물자 생산에 참여할 수 있다는 당시의 낙관주의도 드러난다. 이 일곱 명의 런던 여성들은 군복 스타일의 코트를 입고 군인처럼 획일화된 듯하면서도 그 속에서 각자의 개성이 조금씩 드러난다. 이를 통해 전쟁 당시 민간인들이 어떤 압박을 받아들여야

했는지 그 진실을 슬쩍 엿볼 수 있다. 벨트를 두르고 단추를 잠근 더블브레스티드 코트 차림의 여성들은 그 규율화된 복장 속에서 산업화된 전쟁 체제의 일부가 된다.

여싱싱의 군사회 는 전쟁을 통해 여성이 남성과 같은 역할을 맡게 될 것이라는 희망을 가졌던 여성참정권 운동가들의 정치적 동기와 노선이 일치했다. 왕립 울위치 군수품 공장의 젊은 노동자들에게 크고 실용적인 주머니가 달린 긴 벨트 코트는 안에 입은 민간인 복장을 가려주는 옷이었다.[9] 노동자에게 제복을 입히는 일에는 육체, 연약함, 개성을 지우는 심리적 효과가 있다. 전시 여성들에게서 제복은 합리성에 대한 판타지를 통해 육체를 재구성하고, 그들이 조작하는 기계의 이미지 안에서 스스로를 재탄생시키는 역할을 했다. 군복 스타일의 제복은 최전선으로부터 멀리 떨어진 곳에서도 민간인의 몸에 규율을 부과하려 했다. 전시 여성들이 입은 다양한 제복 중에서 트렌치코트는 표면에 액체가 스며들지 않는 특성으로 입은 사람을 기계와 독성 화학물질로부터 보호해 주었다. 그와 동시에 전통적인 여성상의 요구로부터 도피할 수 있는 피난처가 되기도 했다.

간호사들을 위한 자동차

여성들을 두드러지게 군사화하는 일은 당시 지배적이었던 '가정숭배'에 역행했던 터라 폭넓은 지지를 받지는 못했다. 여성 보조원을 남성 군인과 함께 배치하는 것은 남성의 전유물이었던 역할을 여성이 맡는다는 점에서 관심을 끌고 때로는 적대감도 불러일으켰다. 이러한 조직 중 하나로 야전병원 및 주거지역에서 가까운 요양병원을 지원하기 위한 의료 부대인 구급간호봉사대Voluntary Aid

Detachment, 일명 바드VAD가 있었다. 서부전선, 메소포타미아와 갈리폴리에서 복무한 바드는 주로 정식 훈련을 받지 않은 영국 중산층 출신의 젊은 고학력자 여성들로 구성되어 있었으며 캐나다에서 온 사람들도 있었다. 많은 사진에서 바드 대원들은 제복으로 왁스로 코팅한 면 소재 트렌치코트를 입고 있다. 응급간호부대First Aid Nursing Yeomanry, 일명 파니FANY 역시 서부전선에서 핵심 응급처치반으로 활동하기 위해 창설된 조직이었다. 왕립전쟁박물관의 사진에 1914년 프랑스에서 활약한 이 여성 구급차 운전병들이 찍혀 있다. 이들은 벨기에 군대 소속으로 긴 방수 코트를 입은 모습이다.[10] 리젠트 스트리트의 주니어스토어는 "군대에 소속된 현역 여성들"을 위한 트렌치코트를 판매했는데, 그중에는 비바람을 막아주면서도 "지금까지의 어떤 여성용 트렌치코트보다 더 '드레시dressy'한 여성용 카키색 트렌치코트"[11]가 있었다. 이 모델은 일반적인 트렌치코트 디자인과 비슷하지만 어깨에서 흘러내리는 빗물이 코트 속으로 들어가는 것을 방지해주는 보호장치인 '스톰 플랩storm flap'을 더했다. 이렇게 네이비블루 컬러에 3중 보호장치가 있는 트윌 소재 트렌치코트는 현역 간호병을 부르는 군대 명칭인 '더 패트롤The Patrol'이라고 불렸는데, 이는 노동의 군사화 서사를 드러낸다.[12]

전쟁 초기에 제복을 입은 여성들은 부정적 관심을 끌었다. 이는 남성의 영역을 침범했다는 이유로 군복 입은 파니를 비난하는 의견부터 이들을 향한 언어폭력까지 다양하게 나타났다.[13] 제복 입은 여성들에게 매료된 이들도 있었다. 1916년 캐나다의 바드 운전병들은 저널리스트 겸 소설가 F. 테니슨 제스의 관심을 끌었다. 그는 이들의 중성적인 모습, 특히 이들이 쓴 "고글과 장갑, 멋진 검은색 가죽 트렌치코트와 비행사용 헬멧"[14]에

깊은 인상을 받았다. 뉴펀들랜드의 여성 바드 신병들은 분명 기능적이고 편안한 옷을 입고 운전을 하면서 새로운 자유로움을 즐겼을 것이다. 전쟁에서 여성 운전병들의 활약이 두드러진 만큼, 전시 여성의 사회적 이동성은 자동차와 밀접한 관련이 있었다. 여성들의 이동성은 전쟁이 일어나기 한참 전부터도 코트 및 망토 생산 업체들의 관심을 끌었던 요소로, 업체들은 주로 방수 후드나 고글과 함께 착용하는 가죽이나 고무 소재의 운전용 코트를 생산했다. 모든 의미에서 이동성은 트렌치코트 및 다양한 방수 겉옷들의 수요 증가를 촉진했다. 그러나 구급차 운전병들은 다른 종류의 관심을 끌었고, 이 여성 운전병들이 입은 제복은 도리어 이동성에 대한 이들의 주장을 깎아내리기 위해 불려

나왔다.

여성의 독립은 가시성, 외출 방법, 보안이 되는 집 안에서 나왔을 때 어떤 종류의 활동을 할 수 있는가 하는 문제와 밀접했다. 여행하기, 걷기, 운전하기, 스포츠 활동 등은 실용적인 방수 의류로 구현할 수 있었다. 다양한 종류의 의류 및 액세서리를 통해 새로운 존재 방식이 구상되면서 군사화된 태도 및 스타일로부터 영감을 받은 현대적 여성상이 나타났다. 그중에서도 여성 운전병들이 입는 제복에 대해서는 기묘한 집착이 따랐는데, 이는 여성 운전병들의 이동성 또는 자동차를 통한 이동성을 가시적으로 드러내는 것이 기존 질서에 위협이 되기 때문이었다. 미국적십자자동차부대*의 코트는 허리에 벨트가 있고 넓은 라펠이 달린, 클래식한 전쟁용 트렌치코트와 매우 비슷했다. 남성적인 플랩과 견장은 제거되었다. 미국 의회도서관에

---

* 미국 적십자가 육군 및 해군 부대와 보급품을 수송하기 위해 제1차세계대전 때 창설했으며 여성들로 구성되었다.

는 1917년에 촬영한, 이 부대의 한 초기 신병이 트렌치코트를 입고 완장과 군모를 착용한 채 자신이 운전하는 차 발판에 자랑스럽게 선 사진이 있다.[15] 이 부대는 여성의 사회적 이동성 확보에 도전할 수 있는 기회를 얻은 이들이 모인 조직으로, 첫 수장은 부유한 사교계 인사이자 여성참정권 운동가였던 플로렌스 J. 보든 해리먼이었다. 이 부대에는 곧 그녀와 비슷하게 자동차를 소유하고 운전할 수 있는 부유층 여성들이 모여들었다. 부대 활동을 홍보하는 다른 사진들과 마찬가지로 이 사진 역시 스타일과 태도를 부각하는데, 사진 속 인물들은 마치 신병들과 홍보 담당자들이 이 촬영으로 역사를 만들리라는 사실을 아는 듯 대담한 자신감을 뽐내고 있다. 회색 롱코트, 높게 올라오는 레이스업 부츠, 가죽 벨트, 미국 적십자 배지가 달린 군모로 구성된 이들의 제복은 이들의 담대함을 드러냈고, 곧 대중의 관심을 집중시켰다. 해리먼의 딸 에설이 이 제복을 디자인했는데, 그녀는 나중에 이렇게 회상했다. "어떤 사람들은 자기 남편이 절대, 절대 그런 옷을 입지 못하게 할 거라고 말했다. (…) 일단 코트와 브리치스*를 만들고 나니 이 스타일은 크게 인기를 끌어 모든 적십자자동차 부대들이 우리가 만든 워싱턴 지부의 예시를 따라 입었다."[16] 브리치스, 즉 바지에 대한 대중의 논쟁은 바지의 남성적 특성에 관한 내용이었고, 튼튼하고 현대적인 의복이 전쟁에서 여성들의 이동성과 적극적인 역할을 너무 두드러지게 하는 것이 아니냐는 불안을 드러냈다. 문제는 남성적인 코트 자체가 아니라, 그것이 더 큰 위협의 징후였다는 점이다. 군복을 입은 여성들이 성별의 경계를 흐릴 수도 있다는 우려 말이다.

* 풍성한 실루엣을 가진 무릎 길이의 바지. 무릎 바로 아래서 여미게 되어 있다.

"발목까지 오는 가죽 소재 트렌치코트, 장갑과 비행사 모자를 쓴" 여성참정권 운동가 아민 고슬링의 멋진 사진은 전시 노동과 페미니즘의 연합을 확인시켜준다.[17] 대다수 피사체들의 신원이 불명이지만, 1918년 서부전선에서 촬영되어 스코틀랜드 국립 도서관에 소장된 한 사진은 전쟁이 여성에게 부여한 새로운 존재 방식을 반영한다. 까맣게 빛나는 트렌치코트와 고글을 쓴 캐나다 바드 운전병의 모습에서 그것이 명확히 드러난다.[18] 서부전선에 배치된 최초의 영국 공식 종군 사진작가 어니스트 브룩스가 촬영한 이 사진은 여성들도 군에 징집되고 있다는 사실을 널리 알렸다. 또한 사진에서 나타나듯 많은 이들이 입대를 꺼리지 않았다. 미디어를 통해 퍼진 이미지와 이야기 들은 종종 매혹의 원천이 되기도 했지만 군복 입은 여성들이 낯설고 부자연스럽다는 인상도 주었다. 그러나 신병들은 민간 사진관을 찾아가 카키색 군복을 입고 포즈를 취하며 새로 얻은 군인이라는 신분을 만끽하곤 했다. 바드의 이미지는 전시 위기의 심각성을 상징하며, 젠더역할의 전복이야말로 모든 가정에서 전쟁의 혼란을 겪고 있다는 움직일 수 없는 증거로 여겨졌다. 말하자면, 여성들이 남성적인 군복을 입고 있다는 것은 분명 걱정해야 할 무언가가 있다는 의미란 거였다.

어두운 색깔의 방수 코트는 차마 입에 담을 수 없는 것을 이야기하며, 위험한 모험, 진흙과 피, 죽음과 부상을 의미한다. 그 기저에 깔린 메시지는 이들의 희생에 민간인들이 감사해야 한다는 것으로, 여성성을 포기하는 여성들의 모습이 희생으로 포장되었다. 여성들이 남성의 장식용 부속품이라는 모욕을 떨치고 실질적인 노동을 할 수 있게 되어 안도했을지도 모른다는 현실은 전혀 고려되지 않았다. 트렌치코트와 고글 등 남성적인 장식 요소는 여성들에게 사회적 성별의 유동성을 시험

출동하는 바드 대원.
어니스트 브룩스가 촬영한 제1차세계대전 '공식 사진' 중.
스코틀랜드 국립도서관의 사용 허가를 받았다.

할 기회였을 수 있다. 남성복을 입은 여성은 이중의 위협으로 간주됐다. 줄리엣 패틴슨이 이에 대해 설명하길, "그녀는 남성 군인의 남성성을 훼손하고 자신의 여성성을 부정"[19]하는 것으로 받아들여졌다. 군복 입은 여성이 남성다움을 가장하는 모습이 젠더 불안을 야기했다면, 트렌치코트의 은폐 효과는 보는 사람으로 하여금 그 안에 무엇이 들어 있을지 궁금하게 만들어 불안을 더 심화했다.

전쟁을 집으로 끌어들이다

군사화된 여성들은 에드워드 7세 시대의 젠더 관계를 불안정하게 만들 위험 요소였지만, 가시적으로 군사적 부담을 짊어지면서 이들의 이미지는 국가 서사의 일부로 자리잡았다. 영국에서 병역 의무를 주장한 에멀린 팽크허스트 등 여성운동가들을 비롯해 많은 여성참정권 운동가들이 이를 평등을 위한 상징으로서 지지했다.[20] 전쟁은 여성참정권 운동가들에게 온전한 시민권을 수행할 수 있는 여성의 역량을 보여줄 기회였으며, 여성의 지위를 문제아에서 애국자로 탈바꿈할 계기였다. 제복 입은 여성들은 애국적 봉사의 상징인 동시에 남성 헤게모니에 대한 위협으로서 보는 이들을 당혹스럽게 만들었다. 군복은 여성을 눈에 띄게 만들었기에, 이들이 남성들과 평등하게 보이지 않도록 세심하게 안배되었다. 여성들은 더 적은 임금을 받았고 민간인 신분이었다. 이러한 차별은 더 '여성스러운' 배지를 새로 디자인하는 것으로 확장되었다. 군대에서 사회적 계급, 인종, 국적 등이 군복 코드를 통해 표시되는 것처럼 전시에는 성별도 신중히 단속되었다. 구성원들의 정치적 신뢰에 의존하는 기관 내에서 백인 남성의 지위를 보장하기 위해서였다. 예를 들어 영국 육군성은 여자육군보조부대는 서로에게 경례를 하거나 받는 것도 금지했다. 상호존중의 군사적 제스처인 경례는 남성의 전유물이라는 듯 말이다.[21]

이러한 규칙을 만든 이들의 문제는 전쟁의 규모가 너무 커서 여성들의 입대를 막는 것이 불가능하며 필요한 군인의 수도 늘어났다는 점이었다. 여성들의 역할을 간호사·요리사·사무원 등 일상적인 역할에만 국한하는 것은 더 이상 현실적이지 않았고, 여성들도 점점 더 운전이나 땅 파기 등 육체노동에 동원되기 시작했다. 젠더질서의 혼란이라는 불안이 만연해지자, 사회에서는 여성 동원으로 인한 위협을 완화하기 위해 제복과 같은 표식을 동원해 여성들을 억제했다. 여성들이 일에만 집중하고 평등 개념 따위는 배우지 않으면 좋았으련만, 그럴 수는 없었다. 내부적으로도 여성 신병 모집 문제로 분명 설왕설래했겠지만, 전쟁이 끝나고 나면 여성들은 가정의 일상으로 돌아가 보이지 않게 될 거라는 계산이 지배적이었다. 젠더관습에 대한 도전으로 초래된 대중의 불안을 달래기 위해 미디어가 동원됐다. 〈런던타임스〉에 실린 한 기사는 여성이 대중에 노출되는 것을 죄악시하는 대신 진지한 열정의 표출로 해석했다. 신병들은 유행하던 레저 활동의 종말을 알리고 새로운 애국적 봉사 정신을 반영하는 존재였다.[22] 이 이미지의 기저에 숨은 메시지는 본질적인 영국적 가치의 회복으로, 옷과 그로 인해 등장한 새로운 존재방식을 두려워할 필요가 없다는 인상을 주기 위한 것이었다. 낙관적이고도 결함이 있는 관점이라 할 수 있다. 트렌치코트를 입은 여성들은 보이는 것과는 달리 사회를 배신한 이들이 아니었으며, 이들과 관련된 서사 역시 그렇게 흘러갔다. 미디어에서는 제복 입은 여성들의 모습을 전통적인 애국 정신의 귀환으로 해석하는 데 만족했다. 군복 입

은 여성들을 전쟁터의 애국적 '땜빵'으로 그려내
자 남성의 일자리를 빼앗으려 한다는 의심이 사라
진 것이다.

1917년 〈태틀러〉에는 런던의 켄싱턴 하이 스
트리트에 있는 백화점 내 여성용 군용품 코너에서
판매하는, 베이커사의 "신뢰할 수 있는 트렌치코
트" 광고가 실렸다.[23] 간호사와 전쟁 관련 종사자
들이 "제복 및 장비 일체"를 구입할 수 있는 군용
품 코너에서는 "악천후에 맞서는 구호용품"[24]으
로서 방수 면 소재로 된 트렌치코트를 판매했다.
허리 벨트와 넓은 깃, 소매 고리가 달린 이 스타일
은 어깨 견장이 없었으며 더 여성스럽게 느껴질 수
있는 실루엣은 제거된 형태였다. 전쟁이 진행되면
서 트렌치코트는 소비주의와 애국주의적 담론에
서 점점 더 눈에 띄었으며, 이 옷을 입은 사람은 마
치 여군들처럼 신뢰할 수 있는 사람으로 여겨졌
다. 전쟁 후기에 〈뉴욕 타임스〉는 "다양한 종류의
여성용 트렌치코트 수요가 매우 높다"[25]고 알리
며 생산 업체들에게 출고량을 늘리라고 알리는 광
고를 실었다. 여성의 트렌치코트는 더 이상 특이

한 것이 아니었다. 〈홈 챗〉과 같은 여성지들은 패션과 여가를 분리하는 방식으로 육체노동과 패션을 같은 선상에 놓았으며, 이를 통해 복장 규범을 해체했다. 이러한 변화는 젠더정체성을 재조정하는 더 넓은 양상을 반영하는 것이다.[26] 실용성과 스타일을 결합하려는 시도도 있었다. 1918년 〈하퍼스 바자〉(당시 이 미국 잡지의 명칭은 'Bazaar'가 아닌 'Bazar'였다)는 대중 소비자용 패션 아이템으로 오인하기 쉬운 클래식 스타일의 트렌치코트를 "군에 복무중인 여성"을 위한 선물이자 "가장 확연한 군 복무의 증표"로 홍보했다.[27] 그러나 이 당시 전쟁은 끝나가고 있었다.

새롭고 놀라운 옷들이 여성을 가정환경의 속박에서 벗어나 야외로 나오도록 했다면, 트렌치코트는 새롭고 진보적인 존재방식을 구현했다. 여성에게 트렌치코트는 현대성으로의 도약을 약속해주는 존재였다. 합리적 여가 활동이라는 의미를 함축한 트렌치코트의 유니섹스적 특성은 제1차세계대전의 정치와 맞물리면서 새로운 경향의 태도와 사회적 위치를 구체화했다. 민간인 여성 및 남성의 군사화는 트렌치코트가 구현하는 특징 중 하나였으며, 이 과정에서 모호해지는 젠더의 경계를 상징하는 아이템이 되었다. 그러나 여성의 경험에 주체성과 권리 확대라는 측면만 있는 건 아니었다. 전쟁이 끝난 후, 이버드니 프라이스는 헬렌 제너 스미스라는 필명으로 쓴 반 자전적 소설에서 바드에서 일한 내용을 기록했다. 이 책에는 구급차 내부에서 엔진을 청소하고 차를 수리하고 토사물과 피를 닦아내야 했던 불편한 현실이 고스란히 드러나 있다. 고된 노동과 그녀가 "구내식당 오물"이라고 불렀던 식사에도 불구하고 넬*은 품에 안은 친구 토시의 시신이 "외투를 피로 물

* 헬렌의 애칭.

들일"[28] 때까지 여성들 간의 연대감으로 버텨냈다. 이는 소설 속에서 넬이 순수함을 잃어버리는 순간으로, 그녀의 군복 코트에 스며드는 친구의 피는 전쟁이 그녀와 같은 젊은 여성들의 잠재력을 오염시키는 존재임을 나타낸다. 넬은 전쟁이 끝나고 고향으로 돌아가는 길에 자신의 장비를 남은 친구들과 나누는데, "토시의 머리를 뉘였던 자리가 깊게 얼룩진" 외투를 챙기며 반드시 이 코트를 입겠다고 다짐한다.[29] 이 이야기는 코트의 군사적 상징성을 넬의 상실감과 시민사회 전반으로 퍼지고 만 전쟁의 피로감을 나타내는 가슴 아픈 시금석으로 바꾸어놓았다.

복장 등 겉모습의 군사화는 통일성 및 공동의 적에 대한 단결성을 나타내지만, 역설적으로 여성들에게 이는 기존의 젠더 관계에 순응하지 않는 일과 연결되었다. 결국 산업화된 전쟁의 시각적 복잡성이 그 자체로 모순을 낳은 것이다. 전쟁이 가까운 곳까지 닥쳐왔다는 신호처럼, 군복 입은 여성들은 기존 질서를 유지할 수 없을 정도로 군사적 상징성을 너무 넓게 확장해버렸다. 이는 젠더를 공적 영역과 사적 영역으로 당연하게 구분해온 기존의 안정성을 무너뜨렸다. 트렌치코트를 입은 여성은 흔히 볼 수 있는 존재가 되었고, 누군가는 개인적으로 끔찍한 일도 겪었겠으나 이 과정은 전쟁 수행을 위해 여성성을 현대화했다. 이것이 바로 등장할 기회를 기다리던 '신여성'의 정신이 아니었을까?

군사적 현대성 담론은 전쟁 전 참정권 운동가들의 주된 관심사였던 사적 영역으로부터의 여성해방에 구체적 실체와 짜임새를 부여했다. 제1차세계대전은 신여성에게 공적 정당성을 부여했다. 이는 순응적 미디어의 도움과 정부·군대 조직을 통해 가능했다. 그러나 무엇보다도 신여성을 구성하는 요소에 대한 아이디어는 제복, 고글, 부츠, 트렌치코트 및 기타 군복 스타일의 옷 일체로 구체화되었다. 루시 녹스가 지적했듯, 실제로 군복을 입는 것이 남성의 영역 및 권위에 도전하는 건방진 행위로 여겨졌음에도 전쟁 동안 여성 민간인 패션에는 군복 스타일이 반영되었다.[30] 현대 패션은 이미 여성성에 대한 의식과 경험을 재구성하고 있었고, 군복 입은 여성들은 그들의 몸을 새로운 세기의 현대성에 부합하게 만드는 도전을 감행했다. 군사적 현대성은 일부 페미니스트들이 바라던 해방과는 부합하지 않았을 수도 있지만, 이 당시 신여성에 대한 다양한 담론은 자기 연출을 변화를 위한 통로로 보았다.

투쟁 없이는 공공장소를 이용할 수 없다는 사실이 명백해지자, 여성들에게는 레저 그 자체가 새로운 의미로 다가왔다. 그러나 여성으로서 자신을 드러내는 것과 그 의미는 내적 갈등이 외적으로 드러나는 증상으로서 논쟁거리가 되었다. 패션은 여성 신체의 경계를 보여주었고, 전쟁 기간의 변화는 이를 새로운 의미로 다시 썼다. 전쟁 전후로 퍼진 다양한 패션 이미지들은 트렌치코트가 여성에게 차지하는 의미, 즉 트렌치코트가 어떻게 확대된 존재감을 구현했는지, 어떻게 여성노동을 가시화하고 그것이 국가적 측면에서 중요한 일이었음을 드러냈는지를 보여준다. 폭약 공장의 여성 노동자들과 구급차 운전병들은 전쟁의 반동을 대변하며, 모든 것이 세심하게 계획된 국가적 서사와 정확하게 맞아 들어가지는 않는 현실을 나타낸다. 구시대의 확실성은 무너질 수 있다. 전쟁은 여성용 트렌치코트의 형태로 일상에까지 침입했으며, 이 트렌치코트는 패셔너블한 액세서리가 아닌 위험한 직종에서 일했다는 증거이자 대담한 활동에 맞게 디자인된 제복에 대한 여성들의 요구였다. 여성들이 해방을 위한 전쟁에 참여하면서, 진부해 보이던 트렌치코트는 완전히 새로운 의미를

1944년 3월 제2차세계대전 중 영국 기지에서 행군 훈련 중인 미 공군 제9수송단 사령부의 공군 간호사들.
©미러픽스 촬영 / 게티이미지의 미러픽스 제공.

트렌치코트

얻었다. 널리 확산되자, 트렌치코트는 해방과 생
존을 위한 필수 요소가 되었다.

4. 반란

무정부 상태

베레모를 쓰고 트렌치코트를 입은 한 여성이 파리 포르트 도를레앙에 있는 사진 촬영용 소총 사격장에서 총을 쏘고 있다. 일행인 남성은 그녀를 지켜보며 격려한다. 1929년에 촬영된 이 사진은 젊은 연인 시몬 드 보부아르와 장 폴 사르트르의 즐거운 순간을 포착했다. 이해는 두 사람이 처음 만난 해였다. 스리피스 슈트를 입고 보부아르 옆에 선 사르트르는 그녀의 어깨에 손을 얹고, 보부아르는 눈을 감고 두 손으로 총을 쥐고 있다.[1] 제1차 세계대전 이후 사진 촬영 갤러리가 인기를 끌었으며, 지식인들에게는 이곳이 무척 매력적인 장소였다. 목표물을 쏜 뒤 보부아르는 모의 폭력행위의 기념품으로 스냅사진을 얻었다. 1920년대부터 총과 트렌치코트는 문학과 영화에서 수많은 이미지와 암시로 서로 연결되었는데, 특히 전투 부대원들이 참호에서 그걸 입었기 때문이다. 그러나 이 당시 트렌치코트는 이제 용맹함보다는 생존의 상징이었다.

애국심과 순응의 이미지를 털어내버린 트렌치코트는 그림자 같은 존재, 반항적인 행동, 지적인 복잡함 등을 암시하기 시작했다. 제프 샨츠에 따르면 이 긴 코트는 문학에서 아나키스트적 이미지를 불러일으키는 주요 소재로, "검은색 트렌치코트를 입은 척탄병의 그림자 같은 모습"으로 드러난다. 이러한 이미지는 "무질서와 사회적 불안정성" 및 민주적 가치에 대한 "위협에 대한 공포"를 상징한다고 말했다.[2] 실제로 샨츠가 지적했듯, 아나키스트 노동운동가들을 향한 미국 최초의 '적색 공포'*는 러시아의 위협인 공산주의와 아나키즘의 확산을 알리기 위해 어두운색 트렌치코트를 입은 그림자 같은 모습을 동원했다. 아나키스트는 외부의 압력에 의해 생긴 내부의 위협으로 간주되었다. 이 큼직한 실루엣의 코트는 기존 질서를 전복하려는 지하운동에 대한 두려움을 상징했다.

문학작품에서 아나키스트는 군사적 노하우와 법·질서를 무시하는 태도가 결합돼, 허가받지 않은 군사적 행위를 하면서 생존본능이 있는 존재로 그려진다. 또한 아나키스트는 비밀리에 활동하는 능력과 함께 민주적 가치에 적극 반대하는 인물로 나타나기도 한다. 테러를 저지른 뒤 잠복하여 지역사회에 섞인 채 살아갈 수도 있는 것이다. 역사

---

* 러시아혁명 이후 고립주의가 대두되며 급속히 퍼진 공산주의에 대한 공포.

적으로 볼 때 다른 반란 세력에 비해 아나키스트는 폭력 행동을 할 가능성이 낮았지만 이러한 현실은 거의 받아들여지지 않았다. 전후 미국 사회에서는 이러한 문학작품 속 이미지가 강력한 힘을 발휘했다. 검은 코트로 정체를 숨기는 음모꾼자늘의 이미지는 1908년 출간된 G. K. 체스터턴의 소설 『목요일이었던 남자』에서 아나키스트인 등장인물의 복장을 묘사한 것으로 거슬러올라간다. 육안으로는 보이지 않는 내부적 위협을 가득 품은 채 어두운 색깔의 코트를 입은 이 남자는 사회적·정치적 격변에 물질적인 형태를 부여했다. 주머니에 다이너마이트를 숨기고 익명으로 거리를 활보하는 아나키스트의 형상을 띤 트렌치코트를 입은 남자는 과도한 민주주의에 대한 두려움에서 탄생한 것이다. 현상태에 대한 위협은 대부분 뿌리 깊은 공포와 불안을 암호화한 비밀스러운 외피로 덮여 있다. 위협은 어디에나 있었지만 문학 속에서 그것은 특히 남성적이고 도시적인 형태를 띠었다. 후기 빅토리아 시대와 에드워드 7세 시대 문학의 제국주의적 서사에서 두드러지게 등장하는 '트렌치코트를 입은 아나키스트' 비유는 세계적인 현대성이 부여한 특권에 힘입어 반란 세력이 나타날 수 있다는 냉소적 가정을 담고 있다.

에드워드 7세 시대의 대도시에서는 다양한 내부 위협이 기득권층을 괴롭혔다. 제임스 조이스의 소설 『율리시스』에서 일상적으로 트렌치코트가 등장하는 것은 어쩌면 당연한 일이다. 20세기 초 더블린의 평범하고 일상적인 삶을 서사로 재창조한 조이스의 소설에서 트렌치코트는 패디 디그넘의 장례식 장면에 처음 등장한 이후 매킨토시라는 캐릭터의 모습으로 나타난다.[3] 그는 잃어버린 사랑을 애도하고, 어떤 형태로든 광기에 시달리며, 말라붙은 빵을 먹는 처지에 내몰리는 등 현대적 불안에 시달리는 사람의 모든 징후를 보여준다.[4]

악취로 악명 높았던 코트에서 이름을 따온 인물인 매킨토시는 어두운 인물이다. 트렌치코트는 그와 불안한 여정을 함께하며, 도시를 떠도는 고독한 남성의 모습에 익명성을 부여한다.

폴 퍼셀은 제1차세계대전에서 살아남은 합성어 단어들(트렌치나이프trenchknife나 트렌치풋trenchfoot 등) 가운데서 트렌치코트는 독자적인 생명을 얻었다고 주장한다.[5] 트렌치코트는 전쟁의 피로감과 혼란을 전달했다. 어두운 망토 속 유령 같은 인물들은 영웅도 겁쟁이도 아니었고 세상에서 자신의 장소를 찾아헤매는 존재였다. 트렌치코트를 입은 남자는 전쟁에서 부상당한 이들의 대리인, 참호에서 살아돌아온 이들의 공허하고 텅 빈 생존을 상징하는 존재였을까? 또는 전후사회의 혼란을 상징하는 암호 같은 존재였을까? 또다른 세계대전의 위협, 식민주의와 수탈적 산업에 기반한 현대성, 계급 갈등과 서서히 해체되어가는 낡은 위계질서 등 모든 것이 현상태를 위협하고 있었다. 트렌치코트를 입고 고독한 전투에 임하는 남성의 모습은 다양하고 복잡한 변화를 이해하고 받아들이는 상징으로 떠올랐다.

셀리아 마식이 주장했듯, 1910년대와 1920년대 및 1930년대 문학은 폭력과 익명성이라는 트렌치코트의 함축적 의미를 강조하며 "통제할 수 없는 힘에 의해 신체가 각인되는 방식에 대한 깊은 불안감"[6]을 반영했다. 모더니즘 문학에서 트렌치코트가 갖는 중요성은 문제가 생긴 신체와 노동의 불안한 관계성을 이야기한다. 문학작품은 이렇게 미묘하고 굴곡진 현실을 새롭게 체현된 상태, 태도, 스타일 등을 통해 탐구할 가능성을 보여주었다. 버지니아 울프와 제임스 조이스는 트렌치코트에서 오랜 확실성을 뒤엎는 사회적 변화의 한 자리를 발견했다. 젠더 및 사회 계급의 불평등으로 불안정했던 이 시기에, 기성체제는 여성참정권 운동가들과 노동운동가들의 도전에 직면했다. 이 시기에는 반식민주의적 상상력도 활개를 쳤다. 혁명, 반식민주의 투쟁 및 낡은 위계질서에 대한 도전은 제1차세계대전에 따른 필연적인 결과였다. 윌리엄 버틀러 예이츠는 1919년 「재림」이라는 시에서 "중심은 유지되지 않는다"[7]고 경고했다. 러시아와 아일랜드의 혁명적 사건을 생각하며 쓴 이 시에서 그는 순수성의 상실과 공허해지는 인간성에 대한 고통스러운 성찰을 통해 현대성의 병폐를 드러냈다. 모든 것이 무너져내리고 있었다. "무질서만이 세상에 퍼진다"는 시 구절은 예이츠의 절망을 보여준다. 이는 이 무렵 모든 것이 알아볼 수 없을 정도로 변화하던 아일랜드를 언급한 것임이 분명하다.

배신자들

1919년은 아일랜드 역사에서 매우 중요한 해였다. 공화주의 정당인 신페인당은 1918년 12월의 영국 총선에서 압승을 거둔 후 영국 의회의 의석을 거부하고 아일랜드 의회라는 뜻의 다일에이렌Dáil Éireann, 즉 자신들만의 별도 의회를 구성했다. 이후 이들은 아일랜드 독립을 선언하고 임시 헌법을 제정했으며 1916년의 아일랜드공화국 선언을 재천명했다. 1919년 1월은 아일랜드 독립전쟁이 시작된 해로, 예이츠는 이해 마치 격변에 대한 광적인 욕망을 타이르듯 다음과 같이 냉정한 구절을 썼다.

최선의 무리들은 신념을 잃었고,
최악의 인간들은 열렬한 격정에 차 있다.[8]

이러한 분열이 아일랜드에서만 일어났던 것은 아니다. 제1차세계대전의 여파로 유럽과 중동에 새로운 나라들이 생겨나면서 소수민족들이 분열하고 다른 곳으로 이주했다. 이러한 일들은 수십

년간 이어지는 긴장을 야기했다. 국경이 새로 정해지자 수백만 명의 유럽인들이 새로운 영토 내에서 소수민족과 같은 처지가 되었다. 아일랜드의 경우 전쟁은 1916년 더블린 봉기의 계기가 되었다. 당시 아일랜드 의용군과 아일랜드 민병대는 더블린 중앙우체국 및 다른 요지들을 점령해 아일랜드공화국을 선포했다. 이 봉기는 실패로 끝났지만, 반란 지도자들을 처형한 영국 정부의 대응은 반란군에 대한 동정심을 불러일으켰으며 아일랜드 국민에 대한 대영제국의 통제력을 약화했다.

다일에이렌이 수립되고 아일랜드 독립전쟁이 시작될 당시 의용군들은 주로 아일랜드공화국군IRA으로 알려졌다. 이들의 독특한 트렌치코트는 1919년부터 전쟁에 참여한 게릴라 지도자들이

트렌치코트

많이 입은 옷이었으며 영국군도 이 옷을 입었다. 아일랜드 의용군으로 활약한 이들은 1916년 봉기 당시 무기와 의복을 즉흥적으로 제작한 경험을 바탕으로 전투 장비를 갖추었으며, 비대칭전*과 위장과 기만술에 매우 능했다. 이 무렵 이들은 영국군보다 부족한 자원을 아일랜드 국민들의 협조에 크게 의존해 보완했고, 점차 조직적·능률적인 군대의 모습을 갖추어갔다. 그리하여 일종의 '제복'도 탄생했다. 이는 시골 지역의 '별동대'들이 가장 좋아했던 옷으로 '어두운색 재킷, 칼라 달린 셔츠, 승마용 브리치스, 가죽 각반과 부츠, 샘 브라운 벨트,† 탄띠, 벨트 달린 트렌치코트와 부드러운 직물 소재 모자'[9]로 구성되었다. 밖에서 입는 옷이며 투박하고 실용적인 트렌치코트는 IRA가 행동하는 조직이라는 이미지를 심어주었다. 영국 왕실과 비열한 협상을 하려고 준비했던 정부 관리들이 슈

* 전력 차이가 크게 나는 세력 간의 전투.

† 오른쪽 어깨에서 내려오는 좁은 가죽 띠가 달린 두꺼운 벨트.

트를 입었던 것과 대비된다. 제3 웨스트코크 별동대 사령관 톰 배리는 부대원들의 짝이 안 맞는 제복에 대해 이렇게 묘사했다. "이들의 부츠와 레깅스는 진흙투성이인데다 트렌치코트는 여미지도 않은 채 걸치고 있었고, 목을 감싸줄 칼라도 없었다."[10]

폭력과 익명성이라는 트렌치코트의 함의는 처음에는 아나키스트 비유에서, 그다음에는 문학 속 영국 중앙정부에 맞서는 반란군의 트렌치코트 입은 몸에서 찾을 수 있다. 이들은 정체성을 드러낼 상징을 찾고 있었으며, "게릴라군 사이에서 트렌치코트는 대담함의 완벽한 본보기였다."[11] 또한 외부세력에 짓밟힌 몸에 대한 불안감도 압축적으로 보여준다. 이렇게 고통받는 몸들은 유럽의

트렌치코트

변방에서 기존의 확실성을 뒤흔들 차림새로 새로운 존재 방식을 구축해나갔다. '빅 펠로'라고 불렸던 전설적 인물 마이클 콜린스는 아일랜드 경찰과 영국 정보요원들을 조직적으로 공격했다. 1919년 콜린스는 신생 정부를 위해 활동하는 스파이가 된 영국 형사 네드 브로이와 연락을 취했다. 당시 브로이는 콜린스에 대해 많이 들어보기는 했으나 직접 만나기 전에 사진을 본 적은 없었는데, "검은색 레깅스에 녹색 브리치스와 트렌치코트를 입은"[12] 게릴라군 사령관의 모습에 충격을 받았다. 모든 것이 무너지고 있었지만, 사람들 대부분은 혁명의 그림자 같은 인물들에게 신뢰를 보냈다. 그들은 전쟁의 잔재와, 아나키스트와 이방인들이 영국 체제에 일으킨 혼란에 대한 희미한 기억을 바탕으로 제복을 만들어낸 터였다.

반란군은 적의 눈에 띄지 않기 위해 변형 가능한 제복을 입게 되었고, 파괴력을 동원하면서도 거리나 들판에서 자신을 드러내지 않을 방식을 고안했다. 자잘한 분쟁들로 인해 반란군은 불완전하며 공간적 유동성이 있는 조직이 되었으며, 이는 게릴라 부대가 강력한 적보다 우위에 서기 위해 겪어야 했던 변화에서도 드러난다. 1920년 당시 IRA의 장교였던 어니 오말리는 교외 지역에서 부대를 이끌었는데, 그는 겨울에 대한 기억을 "비와 땀, 심한 고통에 젖어 등과 옆구리에 달라붙은 무거운 트렌치코트, 진흙과 물이 튄 옷"[13]으로 묘사했다. 그해 말 그는 자신이 같은 반란군의 표적이 될 수도 있다는 두려움에 휩싸여 있었다. 아일랜드왕립헌병대의 예비군 부대인 보조부대가 자신과 비슷한 트렌치코트를 입었기 때문이다. 그는 "그들은 내가 길을 따라 이동하는 소리를 들었고, 하늘을 배경으로 드러난 내 양철 모자와 트렌치코트의 실루엣을 보았다"고 했으며, "그들이 나를 영국군 장교로 생각하고 발포할 준비를 했다는 사

트렌치코트

실"을 깨닫고 나서야 가던 길을 다시 떠날 수 있었다고 기록했다.[14]

아일랜드 문학에서는 트렌치코트를 분쟁의 상징, 특히 시골을 배회하는 은밀한 존재로 인식하게 되었다. 엘리자베스 보언의 『마지막 9월』은 트렌치코트를 입은 신비한 존재를 통해 아일랜드가 변화하는 모습을 불안하게 보여주는 소설이다. 1920년, 아일랜드의 앵글로색슨 계열 가정에서 태어난 어린 로이스 파쿼는 시골에서 이상한 소리를 듣는다. 이는 사기꾼이 입은 외투에서 나는 소리이며 어둡고 유령 같은 형태를 감지한 것이다. 그녀는 "트렌치코트가 바스락거리며 앞쪽 길을 가로지르는 소리, 계속 걷던 사람이 흔들리는 소리"를 듣고 생각한다. "그가 그렇게 서두르는 것은 분명 아일랜드 때문일 것이다."[15] 집으로 돌아온 로이스는 가족들이 자신의 이야기를 이해하고 믿지 못하리라 생각해 함구한다. 그러나 로이스는 분명 그 소리를 들었다. 트렌치코트는 전쟁의 숨겨진 위험과 어둠의 존재들을 나타낸다.

아일랜드 연극에서도 아일랜드 내전 말기의 반

란군과 비슷한 의상을 차용했다. 이 내전은 영국과 아일랜드 간 조약 타협을 둘러싸고 여러 진영이 서로 대립한 것이었다. 숀 오케이시의 '더블린 3부작' 중 하나인 연극 〈주노와 공작〉은 더블린에 사는 한 가족이 아일랜드 내전 중 겪는 시련과 고난을 중심으로 전개된다. 연극 평론가 게이브리얼 팰런은 1924년 이 연극을 처음 본 사람들은 주인공 보일이 어떤 소리를 듣고 슬쩍 창밖을 내다본 후 집 안에 모여 있는 가족들에게 "트렌치코트를 입은 사람이야"[16]라고 말할 때 작가가 의도한 전율을 느꼈을 거라고 이야기했다. 이 연극의 초기 관객들은 이것이 무슨 의미인지 정확히 이해했다.

팰런은 트렌치코트가 "'IRA의 전투복'이 되었다"고 확신하면서, 이에 대해 "나와 숀 오케이시를 포함한, 평화를 사랑하는 많은 시민들이 트렌치코트를 입었지만 그 결과 영국 왕실 군대뿐만 아니라 더 많은 이들로부터 의심받는 처지가 되었을 뿐이다"[17]라고 회상했다. 평범하게 입은 노동자처럼 보이되 총을 몸에 바짝 붙여 잡은 것만 다른 이 이미지는 이중성을 지녔기에 공포를 유발했다. 게릴라들은 비공식적인 민간인 전투원으로서의 지위를 누렸다. 테러리스트의 위협과 시민군의 가벼운 영웅주의를 결합하여 이들은 육군 장교의 복장을 재편하여 영국 왕실과 맞서싸웠다. 동시에 트렌치코트의 위장 능력, 실용적 기동성, 무기를 가릴 수 있는 특성 등을 활용했다. 도망쳐다니며 수단과 방법을 가리지 않고 영국의 아일랜드 지배를 무너뜨리려 했던 총잡이는 낭만적인 인물로, "트렌치코트를 입은 남자"라는 유령 같은 존재로 표상된다. 피터 코스텔로*에 따르면, 이 인물은 W. B. 예이츠를 비롯한 당시 앵글로색슨계 아일랜드인들에게 "천국으로 돌아온 악"[18]을 상징했다.

---

* 아일랜드 문학과 역사에 해박한 아일랜드 작가.

1922년 더블린. 영국-아일랜드 조약에 반대하는 IRA 멤버들이 아일랜드 내전이 벌어지고 있는 더블린의 그래프턴 스트리트를 걷고 있다.
©월시 / 게티이미지 제공.

1920년대 아일랜드의 기존 질서를 위협하는 공화주의 반란군 가운데는 물론 여성도 있었다. 여성 IRA 정찰병의 사진을 보면 이들도 남성과 같은 옷을 입었음을 확인할 수 있다. 그중에는 비를 잘 막고 무기를 가려주는 넉넉한 공간 등이 특징인 다용도 트렌치코트도 있다. 어느 사진에서는 한 IRA 정찰병이 허리에 탄띠를 두르고 스톰플랩(건플랩이라고 불리기도 했다)이 달린 더블 브레스티드 코트를 입고 있다. 리엔필드 소총을 든 여성들은 다양한 헤드기어를 썼다. 이 모습으로 보아 그들이 아일랜드 전원에서 벌어지곤 했던 격렬한 전투에 대비한 부대였음을 알 수 있다.[19] 이 어려운 시기 트렌치코트를 입은 인물은 낭만적 민족주의와 영웅적 저항의 상징이었지만, 오케이시의 연극에 등장하는 가상의 인물들인 보일 가족도 알았다시피 그들은 위협적 요소도 가지고 있었다. 반란군의 이미지는 입대를 지망하는 젊은이들에게도 매력적이었다. 작가 프랭크 오코너는 운행 관리, 정찰, 참호 파기 등 '안전한' 임무에 지원했으나, 처음에는 "트렌치코트를 입고 한쪽 눈을 가린 채 구부정하게 걸어다니는 젊은 반란군의 모습"[20]에 이끌렸다. 낭만적 이상주의와 전투 가능성은 이렇듯 캐주얼한 군국주의의 매력을 함축했다. 오코너는 필수 장비를 긁어모아야 했다고 회상하며, "우리 부내는 제대로 된 군복이 없이 승마용 브리치스, 각반, 트렌치코트, 부드러운 모자를 착용하곤 했다"[21]고 이야기했다. 그는 정치적 불안의 시기야말로 자신과 국가에는 안전판 같았다고 강력히 주장하며, 이어서 이렇게 설명했다. "아일랜드라는 국가와 나 자신 모두 한 편의 즉흥시의 정교한 과정에 참여하고 있었다."[22] 반란 시도는 즉흥적으로 이루어졌으며 의상 역시 그에 맞추어졌다. 트렌치코트는 여느 필수품 가운데서도 어디서든 쉽게 구할 수 있었기 때문에, 신병들에게도 반란군의 정신을 즉각적으로 부여할 수 있었다. 이렇게 거친 모험에 즉시 참여할 수 있다는 점은 소도시와 시골의 중산층 젊은이들을 매료했다. IRA의 일반적 구성원은 주로 이들이었다.[23] 전쟁 때 입어 오래되고 낡은 트렌치코트는 이들이 조합해 입은 착장에서 두드러지는 부분이었으며, 혁명의 전설 속에 자리잡았다. 이후 트렌치코트는 아일랜드의 유명한 저항음악인 〈브로드 블랙 브리머〉에 다음과 같이 등장한다.

챙이 넓은 검은색 모자
리본은 닳아 찢어졌다네
많은 이들이 함부로 쓰며 산들바람을 맞았지
전투로 얼룩지고 낡은 오래된 트렌치코트
무릎이 다 닳아버린 브리치스[24]

캐주얼한 영웅주의

역사학자 개빈 포스터는 트렌치코트가 당시와 이

후에 벌어진 아일랜드 내전 때까지 "IRA 군복의 가장 상징적인 요소"[25]라고 이야기했다. 1910년 대 제1차세계대전의 장교들이 처음 입은 이후 10년간 IRA는 매뉴얼과 지도를 보관할 수 있는 큰 주머니가 달린 현내적 장비인 **트렌치코트**의 실용성에 매료되었다.

습한 날씨로 유명한 영국에서 총과 탄약을 숨기고 젖지 않게 보관할 수 있도록 방수 기능을 갖춘 트렌치코트는 군사 행동을 세분화한 독특한 전투 방식을 가진 게릴라들에게 완벽한 부속품이었다. 가볍고 발수성 좋은 소재는 의용군들에게 기동성을 주었지만 다른 민간인이나 영국군과 구별할 수 없게 만들었다. 당시에 트렌치코트를 쉽게 구입할 수 있었기 때문이다. 어니 오말리는 영국군 보조부대에 체포된 후 심문을 받을 때 "장교가 입는 트렌치코트는 어디에서 났나? 맥룸*이겠지? 당연히 시신에서 훔쳤을 테니까"라는 질문을 받고 상점에서 구입했다고 대답했다. 그런데 라벨에 더블린 소재 옷가게의 이름이 새겨진 것을 놓치는 바람에 그를 체포한 이들이 더블린에서 있었던 IRA의 작전과 그를 연결 지을 실마리를 주고 말았다.[26] 트렌치코트는 길거리에서도 쉽게 볼 수 있었고 상점에서도 판매되는 등 어디에나 있었지만, 현지에서는 곧 치명적인 의미를 갖게 되었다. 오말리와 영국군 보조부대의 일화는 제1차세계대전이 영국과 아일랜드의 시민사회를 얼마나 군사화했는지를 보여준다. 반식민지 투쟁은 이러한 혼란을 활용하여 트렌치코트를 정치 체제에서 커져가는 균열의 상징으로 만들었다.

아일랜드의 낭만-사실주의 화가 숀 키팅은 아일랜드를 배경으로 IRA의 '별동대' 중 하나를 그

---

* 아일랜드 지명. 아일랜드 독립전쟁 중 IRA가 가장 큰 승리를 거둔 전투가 이곳에서 벌어졌다.

린 〈남부의 남자들〉에서 트렌치코트를 입은 전사가 영국에 도전하는 신화를 미화했다. 키팅은 자신의 스케치, 비밀 게릴라 부대인 노스코크 여단의 대원들을 촬영한 사진 등을 바탕으로 1921년 독립전쟁 휴전 기간에 앉아 있는 대원들의 모습을 그렸다. 그림 속에서 이들은 게릴라 부대원들이 좋아하던 트렌치코트와 부드러운 모자를 착용한 채 총을 들고 있다.[27] 키팅이 작업하던 더블린 메트로폴리탄 예술학교에 이들이 왔을 때 수위는 IRA임이 확실한 복장에다 무장까지 한 남자들의 모습에 충격을 받았고, 키팅은 그들이 위험하지 않다는 것을 믿게 하려고 거듭 안심시켜야 했다.[28] 1922년에 처음 선보인 〈남부의 남자들〉은 불안한 아일랜드의 거친 현실을 증언하는 키팅의 연작 중 하나였다. 에이미어 오코너에 따르면, 여단의 리더였던 손 모일런이 그림에서 빠진 것은 이들의 모습을 너무 상세히 그리면 이들이 위험해질 수 있었기 때문이다.[29] 이 그림은 영웅성과 위험을 일치시키는 방식으로 전쟁을 증언하며, 이는 그림 속 인물의 흐트러진 외모와 급조한 군복에서 명확히 드러난다. 키팅의 그림 속에서 불멸의 존재가 된 군복의 특징인 구겨진 트렌치코트는 부대의 복장을 과거로 만들면서 새로운 종류의 정치적 상상을 만들어낸다.

전투를 실체화하는 군사 영웅주의의 한 형태인 급조된 군복은 반식민지 투쟁의 공간적 특성 때문에 형성된 것이다. 트렌치코트 위로 자연스럽게 둘러멘 탄띠로 완성되는 이 새로운 종류의 영웅적 군인은 군주제를 기반으로 한 신사적인 국가가 아닌, 그 체제의 파열을 상징한다. 정규 군대와 아나키스트의 가장 효율적인 부분을 결합하기 위해 게릴라들은 군복에 대해서는 모호한 입장일 수밖에 없었다. 게릴라 활동에서는 눈에 띄지 않는 것이 중요했다지만, 이들은 군대이기도 했기에 어느 시점에 이르러서는 눈에 띨 수밖에 없었다. 그리하여 반란군들은 순식간에 변형 및 변신을 할 수 있을 만큼 유동적인 IRA 군복을 입었던 것이다. 키팅의 그림은 호기로운 태도에도 불구하고 인물들이 가진 연약함도 보여준다. 즉 젊음의 흥분뿐 아니라 이들이 스스로 통제할 수 없는 미래로 뛰어들고 있다는 감각도 담겨 있다.

아일랜드 독립전쟁과 이후의 내전에서 다양한 정규군 및 비정규군 소속 사람들이 입었던 트렌치코트의 중요성은 전쟁과 평화 사이의 모호해진 경계를 반영한다. 이것은 반란군이 상대편 군복을 입은 첫번째 사례였을까? 아일랜드 반군들은 민간과 군대의 존재 방식을 융합하면서 중요한 잠재력을 발견했을까? 트렌치코트는 제1차세계대전의 반동, 그리고 이 반동의 과잉이 다른 분쟁으로 번져나가는 성향을 갖는다는 사실을 증언하는 존재다. 현대의 반란군들은 훈련되지 않은 연약한 신체를 전쟁에 동원할 수 있을지 시험했고, 그 결과 미지의 미래로 향하는 길을 즉흥적으로 개척했다. 그렇다고 트렌치코트를 입은 자유의 전사들에 대한 기억이 항상 좋은 것만은 아니었다. 1960년대 아일랜드 시인 토머스 킨셀라는「전원의 산책」에서 혁명에서 독립으로 넘어가는 과정의 환멸을 묘사하며, 낭만적이었던 아일랜드 독립주의와 그가 느낀 독립한 아일랜드의 옹졸한 물질주의를 대조했다. 과거의 반항적인 에너지와 그 자리를 대체한 탐욕스러운 자본주의는 똑같이 우스꽝스러웠기에, 그는 다음과 같이 혁명가들을 묘사했다.

트렌치코트 입은 자들의 놀이터는
고리대금업자들의 정글로 바뀌었다.[30]

이 시는 불완전한 세계와 실망스러운 결과에 대한 감상이 지배적으로 드러나며, 전쟁과 그 여파 모두를 마치 유년기의 놀이처럼 불합리하게 묘사했다. 더욱 우스꽝스러운 것은 지나간 시대의 맞지 않는 옷을 입고 반란의 정신을 나타내는 나이든 반란군의 모습이다. 아일랜드 내전의 유명한 침전용사었던 낸 브린은 1928년에 가죽 소재 트렌치코트를 입고 사진을 찍었는데, 살찐 중년의 모습으로 어색하게 앉아 있다.[31] 트렌치코트에 공화주의적 저항을 기억하는 정치적 의미가 있었다면, 이후에 그런 모습은 아일랜드 정치에서 거의 사라졌다. 그 가치는 인명을 희생하고 충성심을 재편하는 분쟁에서 소모되고 말았다. 트렌치코트는 미래 세대에게는 영웅주의의 유산을 남긴 동시에, 특별한 시대와 의회 밖 정치의 잔인함에 대한 기억을 불러내는 동떨어진 존재기도 했다. 과거 전쟁의 잔재에서 임기응변으로 만들어진 군복으로서, 트렌치코트는 그것을 발명한 이들에게 맞서는 가차없는 새로운 삶을 얻었다. 아일랜드의 폭력적인 시대에 벌어졌던 사건들과의 연관성이 소멸되자 몇 십 년 후 패셔너블한 형태로 다시 돌아왔다.

5. 르포

트렌치코트 산문

한 미국인 기자가 암스테르담의 한 회의장 계단에 서 있다. 그는 쏟아지는 비에 대비해 트렌치코트를 여민다. 바깥에는 회의장 안에서 열리는 평화회의 소식을 궁금해하며 사람들이 모여든다. 군중 속에서 총성이 울린다. 외교관 한 사람이 암살당하는 사건이 터졌고, 미국인 기자가 생방송 뉴스에 등장한다. 기자 존 존스의 첫 유럽 임무는 상당히 위험한 모험이었다. 그는 가명으로 여행하며 악당과 스파이를 만나고, 음모를 파헤치며, 목숨을 노린 살해 시도와 비행기 추락 사고에서 살아남았으며, 전쟁의 발발을 목격하고, 사랑에

빠진다. 앨프리드 히치콕의 영화 〈해외 특파원〉
(1940)은 열정적이고, 반지성주의적이고 직관적
이며, 끊임없이 진실을 쫓는 전형적인 기자의 고
군분투를 따라 전개된다. 마지막 장면에서 존스
(조엘 매크리어)는 제2차세계대전 중 폭탄이 떨어
지는 런던에서 자신의 이야기를 방송으로 알리며
미국인들에게 "주위에 불빛이 있다면, 그게 세상
에 남은 마지막 불빛이니 붙잡으라"고 경고한다.
그 과정에서 그는 트렌치코트를 잃어버리지만, 존
스의 물리적 실재는 자신의 안락함을 기꺼이 포기
하고 모험을 강행하며, '저 바깥에' 도사린 위험을
저돌적으로 무시하는 전형적인 '해외 특파원'의
모습을 보여준다. 진실과 허구가 공존하는, 트렌
치코트를 입은 기자의 신화는 이후 적어도 40년

이상 지속되었다.

　모든 기자들이 트렌치코트를 입은 것은 아니었지만, 민간 전투원 스타일의 서사는 많은 기자들에게 잘 어울렸다. 이러한 신화는 신문사 내에서도 영향력이 강했다. 스페인내전 중 국제여단에 자원한 미국 흑인들을 취재하기 위해〈볼티모어 아프리카계 미국인 신문〉에서 파견한 할렘의 시인 랭스턴 휴스는 센세이셔널한 기사를 보내왔다. 1937년 마드리드에서 취재를 하던 그는 집에 보낸 편지에 "지금 이 순간 이곳은 스릴 넘치고 시적인 장소다"[1]라고 썼다. 휴스는 전쟁의 한가운데에서 자신이 살아남을 수 있을지 걱정했다. 한 전기 작가는 "휴스는 스스로를 영웅으로 만들지 않기 위해, 아주 가끔씩만 트렌치코트 산문을 썼다"[2]고 했다. 위험과 무모함, 흥분과 음모의 상징처럼 쓰인 '트렌치코트 산문'이라는 기묘한 별칭은 모험가들과 대담한 인물들의 선풍적인 글들을 뜻하는 말이었다. 이러한 글은 국경이 뚫릴 가능성에 겁을 집어먹은 대다수의 사람들과 그들을 차별화했다. 휴스는 러시아, 쿠바, 아이티, 프랑스, 일본 등을 여행하며 전쟁과 내란과 혁명을 겪었고 그 과정에서 자신의 글을 더욱 심화했다. 그의 여행은 새로운 존재방식을 찾아 고국의 경계를 넘어 모험을 떠나는 지적인 여정이었다.

트렌치코트는 모험가들에게는 낭만을 안겨주었지만, 두려움에 떨며 여행을 망설이는 사람들에게는 공포를 주기도 했다. 반란군과 배신자들이 트렌치코트를 입었으며, 작가·지식인·특파원 등 최전선의 경계에서 살아가고자 했던 이들도 트렌치코트를 입었다. 트렌치코트가 1930년대와 1940년대에 전장 안팎에서 활동하는 다양한 이들의 제복이었다는 사실은 분명하다. 여기에는 국제여단의 전투원들도 포함되어 있었다. 스페인내전 이후 이들 중 일부는 프랑스로 망명해 스페인 마키라는 그룹을 형성해 1960년대 초반까지 프랑코 정권과 맞서싸웠다. 이들은 사회기반시설을 지속적으로 파괴했으며 폭력적인 약탈과 암살 시도로 무시무시한 악명을 얻었다. 당시 사진에는 일상적인 작업복들로 구성한 준準제복을 입고 급조한 무기를 든 반란군들의 모습이 담겨 있다. 그리고 프랑스와 스페인 출신 스페인 마키 대원들의 사진에 트렌치코트가 등장한다.

기록에 의하면, 스페인내전 당시 동료들 사이에서 '엘 키코'로 알려졌던 키코 사바테는 여러 차례의 게릴라 작전 중 레인코트 속에서 톰슨 기관단총을 꺼내 쏘는 것으로 유명했다고 한다.[3] 사바테는 스페인내전 중 아라곤 전선에서 싸웠으나 프랑스로 추방되어 비시 정권에 대항하는 마키 저항군에 합류했다. 사바테는 제2차세계대전이 끝난 후 프랑코 정권에 대항해 싸우는 반란군 활동을 이어가기 위해 귀국했다. 1955년에는 바르셀로나에서 트렌치코트를 입고 직접 만든 박격포를 든 채 "마치 국제 스파이처럼 전 세계를 누비는"[4] 것처럼 보이는 흥미로운 사진을 촬영했다.

건물과 택시에서 반프랑코 전단지를 쏘아 뿌리기 위해 이 박격포를 발명한 것으로 알려진 사바테는 많은 아나키스트들과 마찬가지로 게릴라 활동을 감추기 위해 트렌치코트를 입었다. 프랑코 정권과 프랑스의 비시 정권을 방해하기 위한 도구였던, '엘 키코'의 총과 기타 장비들을 숨겨준 이 넉넉한 트렌치코트는 평범하면서도 효과적인 저항 수단이었다.

한 정권의 권위가 점점 약해지는 데 대한 두려움을 트렌치코트가 대변한다는 것은 어느 경우에는 사실이었다. 사바테야말로 너무도 사실적인 전형으로, 그는 언제든 코트 속에서 무기를 꺼낼 수 있으며 신속하고 결단력 있게 행동할 줄 아는 순간적인 재치가 있는 요원이었다. 트렌치코트를 입

트렌치코트

은 그의 몸은 폭력적이고 무자비한 한 남자의 위협을 전부 전달하면서도 거의 눈에 띄지 않았다. 반란군은 반란의 속도와 에너지 때문에 군복을 급조해 입어야 했다. 트렌치코트는 20세기 전반기 무장 분리주의자들이 차지한, 다듬어지지 않고 타협하지 않는 폭력적인 이미지를 승인했다. 트렌치코트는 보이는 곳과 보이지 않는 곳 모두에서 활동하는 반란군이 선택한 위장막이면서 전장의 지도를 주머니에 휴대할 수 있을 만큼 가벼웠다.

그러나 정부의 정규군에게 트렌치코트는 번거로운 옷이었다. 휴스의 '트렌치코트 산문'에서 나타나듯이 용기, 폭력, 위험에 관한 이야기는 거의 대비하지 못한 위험에 용감하게 맞서는 의용군의 이미지와 엮여 있었다. 아일랜드 내전과 스페인내전 및 기타 분쟁에서 트렌치코트는 여러 반란군의 장비에 포함됐다. 비대칭전으로 인해 반란군들이 지하로 숨어들면서, 어떤 면에서는 민간용이고 어떤 면에서는 군용이었던 트렌치코트는 최적의 위장 도구가 되었다.

전쟁에 지치다

미국 작가 어니스트 헤밍웨이는 사회 변두리 출신이 아니지만 그 속으로 파고들기로 결심했다. 그는 신중한 균형감각을 발휘해 문필가에게 어울리는 페르소나를 만들면서, 새로운 시대를 선포할 참신한 이미지를 찾고 있었다. 잔인함과 폭력이 새로운 세기의 탄생을 규정했기에 헤밍웨이는 폭력, 그리고 더 중요한 폭력으로부터의 생존을 이야기하는 존재방식을 찾고 있었을 것이다. 헤밍웨이는 전쟁에서 돌아온 후 특별히 주문 제작한 스파뇰리 군복(적십자 자원병이 아닌 이탈리아 장교들만 입었던 군복)을 비롯해 군복 입기를 시도했고, 이는 그의 인생에서 자신을 전쟁 참전용사로

꾸미는 첫 단계였다. 전쟁 경험을 과시하려는 의식적 노력의 일환인 군복은 로맨틱한 데가 있었지만, 매릴린 엘킨스에 따르면 이 옷은 그에게 그리 어울리지 않았고 얼마 지나지 않아 카키색 군복과 트렌치코트를 입었다고 한다.[5] 1920년대 〈토론토 스타〉에 기고한 다음과 같은 그의 조언은 군인으로서의 과거를 연출하고자 하는 남성들에게 시사하는 바가 컸다.

중고 군수품을 취급하는 가게에 가서 트렌치코트를 구입하는 것도 좋은 방법이다. 겨울에 입는 트렌치코트야말로 군 복무 경험을 자랑할 수 있는, 군복보다 더 좋은 수단이다. 트렌치코트를 구할 수 없다면 군화를 한 켤레 구입하자. 거리에서 마주치는 모든 이들에게 당신이 군 복무를 마쳤다는 확신을 줄 것이다.[6]

헤밍웨이의 솔직함은 놀라운 수준이다. 그는 군 복무 경력을 가장하기 위해 군수품 가게에 가서 뒷이야기를 꾸며내는 것보다 더 정교한 방법은 없다고 주장하고 있다. 그의 전략은 단순히 군복 스타일링에 만족하지 않고 스쳐가는 사람들이 전쟁의 피로감을 느낄 수 있을 만큼 지저분한 소재의 옷을 입는 것이었다. 겨우 얻은 군대 경험을 증명하는 데 옷보다 더 좋은 방법은 없었다. 그에게는 군대 경험을 뽐내듯 보여주는 예복이 아니라, "나는 전투를 경험했지만 그 전투에 대해 이야기하고 싶지 않은 사람"이라고 조용히 속삭이는 무심한 전투복이 필요했던 것이다.

헤밍웨이에게 트렌치코트는 너무 화려하지도, 너무 뻔한 군복도 아니어서 평생을 함께할 수 있는 옷이었다. 헤밍웨이는 육체적으로 강인한 남성의 신화를 바탕으로 아웃사이더 이미지를 만드는 데 능숙했다. '파파'라는 애칭을 좋아했던 헤밍웨이는 투우와 거친 모험을 좋아했으며, 이러한 이미지는 그의 삶과 문학의 모티프 중 하나인 겉으로 드러난 용맹함과 남성들의 동지애를 확인시켜 준다. 그는 군복의 굴레를 거부하고 전쟁에서 소모된 트렌치코트의 진정성을 선호했다. 간략하게 말하자면, 그의 트렌치코트 룩은 '꾸미지 않은 듯한' 스타일이다. 헤밍웨이는 전형적인 남성 지위의 상징을 버리고 자연적이고 거친 육체를 드러내는데, 이 룩은 사실 그가 글을 쓸 때만큼이나 세심하고 정교하게 꾸민 것임에도 마치 상관없다고 말하는 듯한 느낌을 준다. "카키색 군복, 사냥용 조끼, 플란넬 셔츠, 스웨터와 트렌치코트"로 구성된 이 간소화된 남성 스타일은 신사적 순응, 수동성 및 모든 형태의 여성성을 거부하도록 계산된 미니멀리즘이다.[7] 헤밍웨이는 현대의 남성 영웅을 이해하고 이러한 모습일 것이라고 상상한 것이다. 분명한 존재감이 있으면서도 시선을 너무 끌지는 않는 그의 남성적 스타일은 신비롭고도 언제나 은연중에 진취성을 나타내도록 설계된 것이었다. 그의 의상 선택은 매우 선견지명 있는 것이어서, 20

세기 후반까지 군복, 스포츠 의류, 스트리트웨어의 형태로 지속되었다.

내전 발발 후 1년이 지났을 때 미국 신문 연합을 위해 스페인내전을 취재하러 스페인에 도착한 헤밍웨이는 트렌치코트를 꼭 챙겼다. 그가 내전을 취재하고 스페인을 여행하며 보낸 시간은 이후 그의 소설 『누구를 위하여 종은 울리나』에 영감을 주었고, 이 소설 속에서 그는 자신이 이전에 했던 조언대로 트렌치코트를 입고 등장한다. 제2차세계대전 이전의 황금기, "해외 특파원들이 길이 잘든 트렌치코트를 입고 빠르고 가볍게 여행하던 시대"에 전쟁과 재난을 취재하던 많은 이들의 여행 동반자였던 이 룩은 특정 유형의 남성들 사이에서 유행했다.[8] "최고의 특파원들은 스스로 단련하고 스스로 홍보했다"[9]고 할 정도로, 이 시기는 일부는 일자리를 찾기 위해 일부는 투쟁을 위해 떠돌며 활극을 벌이던 특파원들의 전성기였다. 1937년에 트렌치코트를 입은 헤밍웨이가 스페인 어딘가에서 소련 영화감독 로만 카르멘 및 네덜란드 영화감독 요리스 이벤스와 나란히 앉아 사진을 찍은 것도 이러한 이유였을 것이다.[10] 스페인내전 당시 촬영 기자였던 카르멘은 '생방송 리포트'와 지적 몽타주를 결합한 다큐멘터리 필름으로 공화주의적 대의를 부각했다. 사진 속에서 세 사람은 약간 산만한 상태로 카메라를 응시한다. 카르멘과 헤밍웨이는 1930년대 거친 남성의 모험을 상징하는 바스크 베레모와 트렌치코트를 착용하고 있다. 이는 혼란스러운 시대에 녹아들고자 했던 남자들과 떼어놓을 수 없는 복장이었다. 헤밍웨이가 쓴 베레모는 무장 독립투쟁의 이미지를 차용하기도 하여, 그의 반항적인 믹스앤매치 의상을 완성해준다. 헤밍웨이는 군대 경험을 인증하는 동시에 군복이 갖는 순응적 의미를 교묘하게 피해 간 것이다.

149

왼쪽부터 로만 카르멘, 어니스트 헤밍웨이, 촬영감독 요리스 이벤스. 스페인, 1937년 9월 18일.
©스푸트니크 / 알라미.

트렌치코트

헤밍웨이는 스페인에 있을 때 다른 사진도 찍었다. 1937년에 죽을 고비를 넘긴 직후로, 총알 구멍이 난 검은색 세단 사이에 이벤스와 함께 서 있다.[11] 이 참사 현장에서 가까스로 제때 차에서 내린 헤밍웨이와 이벤스의 얼굴에는 안도감이 두드러진다. 헤밍웨이는 잔해 옆에서 간신히 평정심을 유지하고 있고, 카메라는 그가 "단추를 몇 개만 채운 긴 황갈색 트렌치코트의 주머니에 손을 넣고, 칼라를 세워 추위를 막는"[12] 긴장된 순간을 포착했다. 이벤스는 헤밍웨이를 정치에 끌어들여 반파시즘으로 전향하게 만들었으며, 도덕적으로 올바른 스페인 사람들에게 소개했다고 알려졌다. 국제여단에는 지적이고 강인하며 활기찬, 헤밍웨이가 매력적으로 느끼는 사람들이 가득했으며 헤밍웨이는 위험을 감수하는 그들의 남성성에 감탄했다. 헤밍웨이의 트렌치코트는 그 잠재력을 발휘했다. 트렌치코트는 그가 원하는 삶이 무엇인지 설명해주고, 지향하는 행위에 최대한 가까이 다가갈 수 있게 해준 여행의 동반자였다.

헤밍웨이의 작품은 20세기 이상적인 남성성에 상당한 영향을 미쳤다. 1926년에 출간된 그의 소설 『태양은 나시 떠오른다』는 일부 자신의 경험을 바탕으로 했으며, 제 남자다움을 시험하는 극적 사건들에 휘말리는 주인공 제이크 반스를 통해 전후 남성들의 방종한 모습부터 굴하지 않는 모습에 이르기까지 다양한 모습을 그려냈다. 1920년대 파리와 스페인을 배경으로 하는 이 미국인의 이야기는 내면의 진실성 탐구가 중심을 이룬다. 그의 남성성은 주어진 것이 아니며, 수많은 역경을 넘는 고통스러운 자아 형성 과정을 통해 획득된다. 옷은 적대적인 외부세계에 맞서 자아를 만들어가는 과정에 대한 헤밍웨이의 관심을 반영하며 도전, 강인함, 내구성, 활력 등을 상징한다. 확연히 남성적인 모험을 추구했던 헤밍웨이는 아웃도어 스포츠나 사냥 등 격렬한 활동과 과음을 병행했다. 그는 전쟁에 휘말려 내적 갈등에 시달리는 남성에게서 깊은 진실성을 찾고자 했으며, 이는 그의 이야기에서 중요한 주제가 되었다. 자아형성이야말로 그의 이상적 남성상의 중심에 있었다. 지원병이나 신문사 특파원으로 다양한 전쟁에 참여했던 헤밍웨이에게 군사적 모험은 그의 문학과 삶의 특징이었다. 그는 전쟁 속에서 남성의 실존적 갈등을 발견했고 행동하는 남성을 높이 평가하면서도 전장에서 드러나는 내적 투쟁, 즉 잔혹함 앞에서 드러나는 진정한 원시적 감정에 더 관심을 가졌다.

헤밍웨이의 의상 선택에는 뚜렷한 남성적 개인주의가 나타나며, 전쟁 때 착용했던 트렌치코트를 입은 헤밍웨이의 이미지는 남성성이란 자신이 통제할 수 없는 힘과의 투쟁을 통해 만들어진다는 그의 주장을 반영한다. 그가 스페인에서 했던 모험은 뉴스거리가 되었고, 용감하고 정치적인 대의를 가졌다는 명성에도 일조했다. 대중을 잘 알았던 헤밍웨이는 자신의 사냥 모험 및 전장 경험이 담긴 사진으로 헤밍웨이 전설을 채웠고, 모험심 강하고 앞서가는 남자들과 어울리고자 했다. 이때 옷은 그가 참전용사, 스포츠맨, 모험가, 고문당한 예술가라는 페르소나를 만드는 데 도움이 되었다. 군인으로서 헤밍웨이의 명성은 제1차세계대전 참전 경험에서 형성되었을 텐데, 이러한 전설 때문에 아마도 그가 이탈리아에 있던 시절 군대가 아닌 미국 적십자사에서 복무했다는 진실이 감춰졌을 수도 있다. 그는 평생 동안 군복에 집착했으며 "제대한 군인들이 입던 트렌치코트와 카키색 군복"을 입고 다녔는데, 이는 군대 경험을 가장해 그가 '헤밍웨이 룩'을 완성했음을 보여준

다.[13]

트렌치코트를 통해 대리적 삶을 경험하는 것은 그에게 확장된 일대기를 선사했다. 마치 다양한 의상을 입어보는 것만으로 그는 자신의 삶을 다시 쓸 수 있는 듯했다. 1939년 여름에 헤밍웨이는 미국 아이다호주 우드리버밸리의 선밸리리조트를 찾았다. 이곳은 그가 이후 20년간 자주 드나들며 유명인사들과 함께 사냥 및 낚시 여행을 다녔던 곳이다. 로이드 아널드의 책은 그의 친구 '파파'를 찍은 사진으로 가득하며, 사냥을 즐기고 친구 및 가족과 함께 보낸 즐거운 시간을 기록했음은 물론 헤밍웨이의 옷 입는 습관이 묘사된 부분도 있다. 어느 날 아침, 그는 잠자리에서 일찍 일어나 "파자마와 로브를 입은 위에 트렌치코트를 걸치고"[14] 사냥을 함께한 일행에게 작별을 고한 뒤 다시 집필에 몰두했다고 한다. 엘킨스에 따르면 헤밍웨이에게 옷은 그만의 마초적인 스타일, 즉 '멋'을 상징하는 것으로서 위태로운 경계의 삶을 갈망한 사연을 담고 있다.[15] 즉 위기에 처했다가 살아남는 스릴을 옷으로 포착한 것이다. 세심하게 만들어진

155

그의 페르소나는 세속적인 굴레를 거부하면서도 역설적이게도 군복과 같이 물질적인 것들로 삶을 채움으로써 완성되었다. 헤밍웨이의 삶은 물질주의에 물든 미국인의 삶에서 자연스럽게 빠져나온 한 남자에 관한 가상의 이야기를 뒷받침하는 총과 같은 물건들로 가득했다. 플로리다주 키웨스트와 쿠바의 아바나에 있는 그의 집 두 채는 후대를 위해 보존되었는데, 18세기 골동품과 영양의 머리로 만든 장식, 모더니즘 회화 작품 등 섬세한 취향을 드러낸다. 지옥과도 같은 아메리칸 드림을 구성하는 진부한 물욕에 그가 몰입하고 있음을 감추기 위해 이러한 물건들이 동원된 것이다. 그의 꿈은 자신의 출신을 벗어나 신사적인 예절이나 교외 주거지역의 따분함을 피해 더 원초적이고 지적인 존재로 거듭나는 것이었다.

아웃도어 스포츠와 사냥, 과음, 전우애, 정치 등은 모두 예술가이자 인간인 헤밍웨이의 일부였다. 트렌치코트는 이러한 그의 페르소나를 구현했다. A. E. 하치너가 쓴 헤밍웨이 전기에는 1950년 파리 경마장에서 "커다란 트렌치코트를 입은 어니스트"의 이미지와 함께 젊은 시절의 의상에 집착하는 말년의 작가에 대한 인상이 담겨 있다.[16] 1954년에 성당을 방문하기 위해 스페인 부르고스의 한 마을에 들렀을 때, 헤밍웨이는 "한쪽 제단에 잠시 서서 촛불을 바라보았는데, 회색 트렌치코트와 흰 턱수염과 금속테 안경으로 마치 수도승 같은 분위기"였다.[17] 모카신과 낡은 트렌치코트는 잃어버린 모험을 상징하며, 젊은 한때의 활기를 잃은 스타 작가의 이미지를 포착한다. 진정한 자아를 찾아 헤매던 '파파' 헤밍웨이의 트렌치코트는 그의 생애 마지막까지 함께했다. 그의 소설 『에덴의 동산』에서 주인공 데이비드는 낡은 트렌치코트를 입고 호텔에서 빗속으로 걸어나오는데, 이는 알 수 없는 미래와 마주하며 고뇌(아내 캐서

린과의 관계에서 드러나는 균열)를 가리기 위한 것이다.[18] 트렌치코트는 문학적 상징으로서, 정신적 고통을 가리는 역할을 한다.

헤밍웨이에게 트렌치코트는 정신적 위협에 대항하는 빈약한 보호막이자 적대적인 세상 속의 얄팍한 변장이기도 했지만, 동시에 반항의 도구기도 했다. 제2의 피부인 트렌치코트는 한계 없는 세계의 이미지를 강화하며, 세상에 숨겨진 위협과의 끊임없는 싸움을 위한 갑옷이었다. 전쟁 이후 문학·영화·대중문화 속 위상으로 미루어 트렌치코트는 우리가 아는 세상 너머에 존재하는 위협을 알리는 상징이 되었다. 제2차세계대전 이후 백인 남성이 입는 옷으로 널리 알려지면서, 표면적으로는 소외 및 생존 서사를 형성하기 위해 트렌치코트의 이러한 낯선 느낌이 강화되었다. 이 주제에 대해서는 추후 다시 다룰 예정이다. 전쟁터에서 트렌치코트를 입은 남성들에 의해 시각적인 힘을 얻은 왜곡된 남성성은 민간의 삶에서 모험가, 위험을 무릅쓰는 사람, 진실을 말하는 사람으로 표현되었다. 이것이 헤밍웨이의 세계관이었다. 하워드 R. 울프는 헤밍웨이가 그랬듯 해외 특파원의 외투를 입고 글을 쓰고 싶었노라고 회상했다.

〈토론토 스타〉에서 헤밍웨이를 해외 파견했다는 소식을 듣자마자, 나는 버버리의 트렌치코트를 입은 해외 특파원이 되고 싶어졌다. 그가 실제로 트렌치코트를 입었는지는 알 수 없었지만 입었을 거라고 생각했고, 그가 "케첨에 있는 자택 근처의 숲을 거닐며 생애 마지막 겨울을 보내고 있는" 슬픈 사진을 보고 내 생각이 맞았노라 확신했다.[19]

울프는 아무 증거도 없이 헤밍웨이가 트렌치코트를 입었을 것이라고 확신했고, 결국 사진을 통해 상상했던 대로 그가 트렌치코트를 입었다는 사실을 확인했다. 판타지와 현실의 경계가 모호해지기 시작한 것이다. 헤밍웨이의 이야기에 따르면 트렌치코트는 제2차세계대전이 끝날 무렵 새로운 종류의 남성적 스타일, 즉 군국주의, 모험, 여행, 아웃도어 스포츠 등이 혼합된 새로운 존재방식의 상징으로서 중요성을 확보했다. 사실 그 이상이었다. 트렌치코트를 입은 남자들은 한정된 전투의 참전용사이기만 한 것이 아니라, 시민사회로 파급될 수도 있는 삶의 격변을 경험한 이들이었다. 즉 트렌치코트는 '외부세계에 어떻게 자신감 있게 맞설 것인가'라는 영원한 문제를 해결할 용기와 힘을 가진, 개인적이고 독립적이며 도덕적인 남성이라는 판타지의 문을 열어준 것이다.

"아니, 이걸 넘어서면 안 돼"라고 말해줄 보호막이 없다면 어떻게 내면의 자아를 부패로부터 보호할까? 해외 특파원의 신화적 장비 중 일부인 "낡은 트렌치코트"를 입은 남자들은 어떤 매력인가가 있었다.[20] 미국의 저널리스트이자 방송인이었던 고 월터 크롱카이트는 "신문기자의 본보기"를 "전쟁 경험의 흔적이 역력한 견장 달린 트렌치코트"를 입은 매력적인 인물로 회상했다.[21] 트렌치코트는 캐나다계 미국인 기자 고 피터 제닝스의 여행 복장의 핵심 요소기도 했다. 동료 기자인 힐러리 브라운은 그의 "매우 화려한 해외 생활"은 모험에 대한 욕구와 진실을 추구하는 끈질긴 의지를 전달하기 위해 만들어진 이미지의 일부이며, 그는 "그 역할을 잘 해냈다. 물론 그는 멋진 트렌치코트와 길이 잘 든 서류가방을 가지고 있었다"고 이야기했다.[22] 제닝스는 베트남, 헝가리, 동독, 루마니아, 남아프리카, 중동의 여러 지역 등을 두루 여행하며 분쟁지역을 취재하고 이야기의 현장과 밀착하는 것으로 이름을 날렸다. 트렌치코트는 실용적이며, 전쟁으로 낡았으며, 칙칙하고 뻔한 옷이되 교양 있는 침착함의 상징이기도 했으며 그 자체로 진실을 이야기하는 옷이었다.

헤밍웨이의 남성적 불안은 전쟁 후 정상으로의 복귀가 절대로 불가능하다는 데 대한 모든 분노와 실망감을 표현해줄, 성별을 가진 존재로서의 트렌치코트에 반영되었다. 하지만 헤밍웨이의 말년 이미지는 그의 소설 속 트라우마에 시달리는 반영웅적 주인공처럼 지치고 병들고 고독하며 가난한 상태로 주위 환경을 이해하려고 도시를 떠도는 모습과 일치하지 않는다. 트렌치코트와 낡은 여행가방은 좌절된 영웅의 강렬한 이미지를 형성한다. 사회부적응적인 행동으로 내면의 갈등을 치유하려 하면서, 그들은 트렌치코트를 입은 방종한 남성이 전쟁으로 황폐화되고 소외된 남성성을 암시하는 존재임을 확인시켜준다. 즉 이렇게 무절제한 존재 방식이 허용된 것이다. 트렌치코트가 상징하는 지위는 공허하고 일시적인 것으로 여겨질 수 있지만, 전후 미국 문화에서 이러한 이미지가 굳어지면서 트렌치코트는 확립된 남성적 특권으로부터의 후퇴를 묘사하게 되었다. 폭력적이고 절망적인 비밀과 욕망을 은폐하는 트렌치코트는 눈에 잘 띄지 않는 곳에서 전투를 벌이는 영웅들을 장식했다. 그리고 다음 장에서 볼 수 있듯 이러한 신화는 문학과 영화 속에서 집중적인 변화를 겪게 되며, 트렌치코트는 전후의 현대성 속에서 쇠퇴와 고립의 상징으로 활약한다.

6. 영웅 또는 악당

그림자 같은 인물들

암울한 한 항구도시에서 잔혹함과 박탈감에 환멸을 느낀 한 젊은 여성이 탈출을 갈망한다. 그녀의 빛나는 트렌치코트만이 더 나은 미래에 대한 열망을 나타낸다. 밝게 빛나는 코트에 비치는 그녀는 안개가 자욱하고 어두운 항구를 우울한 배경 삼아 희망을 품고 있다. 의심스러운 거래와 위협적인 인물들로 가득한 주변 분위기와는 대조적인, 낙관적인 그녀의 모습은 생존을 위한 얄팍한 시도일 것이다. 서사가 전개되면서 이 여성, 즉 넬리의 희망은 산산조각나고 만다. 프랑스의 시적 사실주의 영화인 마르셀 카르네의 〈안개 낀 부두〉(1938)는 탈영병인 장이 넬리를 처음 만나는 장소 르아브르가 배경이다. 어둠 속에서 빛을 향해 손을 뻗는 듯한 이 영화에는 1930년대와 40년대의 불안한 분위기를 배경으로 트렌치코트가 등장한다. 트렌치코트가 암시하는 진실은 진실이란 존재하지 않으며 다만 이해하기 힘든 사건, 행동과 분위기만이 뒤섞여 있을 뿐이라는 것이다. 마치 수수께끼 같고 변덕스러운 트렌치코트는 반영웅과 오해받는 아웃사이더와 악당들의 세계에서 영웅의 상징이라는 모호한 역할을 맡은 존재다.

트렌치코트는 이 시기 인기를 끌었던 범죄 영화에 나타난다. 트렌치코트는 누아르 영화에서 어둡고 비에 젖은 거리, 비정한 탐정, 어둑한 도시의 스카이라인만큼이나 중요한 역할을 하며, 이러한 이야기에 익숙한 유폐된 듯한 느낌을 더욱 강조한다. 제2차세계대전 직후 프랑스의 영화 평론가들이 만든 용어인 '필름 누아르', 즉 누아르 영화는 폭력적인 에로티시즘과 강렬한 주제를 지닌 미국 범죄영화를 가리킨다.[1] 장르라기보다는 스타일인 필름 누아르는 주로 극명한 대조를 이루는 독일 표현주의 영화의 시각적 코드에서 유래했다. 누아르 스타일의 특징은 남성 탐정, 팜파탈, 수수께끼 같은 사건, 불길한 예감과 긴장감 넘치는 서사 등이다. 필름 누아르의 시각적 코드는 바로 알아볼 수 있으며, 특히 트렌치코트나 페도라 같은 의상 요소가 가장 두드러진다. 대공황과 금주법, 변화하는 치안 환경을 바탕으로 누아르 스타일은 법과 질서의 적, 그리고 그 집행자들을 대범하게 그려냈다. 레이먼드 챈들러가 미국 도시들의 '비열한 거리'를 묘사한 탐정 소설은 범죄와 이를 억제하는 문제에 초점을 맞췄다. 과학적 치안 및 '일탈'에 대한 새로운 담론과 함께 도시 범죄는 대중의 관심사가 되었고, 탐정은 사회가 더 큰 격변으로부터 추구하는 구원을 위해 현실적·상징적 딜레마를 해결하는 더 큰 역할을 맡게 되었다.

오토 프레밍거의 누아르 영화 〈로라〉(1944)에서 트렌치코트는 뉴욕 맨해튼의 밝은 불빛에서 머리 위로 형성된 먹구름으로 이어지는 분위기 전환의 신호가 된다. 줄거리가 어두워지면서, 매디슨 애비뉴의 임원 로라 헌트가 자신의 세련된 아파트에서 살해된 것으로 추정되는 사건에 경찰 수사가 집중된다. 맨해튼 경찰 마크 맥퍼슨은 단서를 찾기 위해 비오는 날 밤 트렌치코트를 입고 로라의 아파트에 들어간다. 로라의 주변 인물들에게는 의심스러운 분위기가 감돌고, 이 인물들은 하나둘씩 수상쩍은 트렌치코트를 입고 등장한다. 관객들은 유령 같은 인물인 로라에 대한 집착이 점점 커져가는 탐정의 눈을 통해 사건을 따라간다. 그러다 예상치 못한 로라의 귀환으로 이야기가 중단된다. 낙관적이고 활기차던 모습은 칙칙한 트렌치코트로 교체되고, 로라는 자신을 둘러싼 사회적 관계를 오염시키는 기만의 그물에 빠져든다. 여기서 트렌치코트는 영화에 등장하는 모든 인물을 용의자로 만들 뿐 아니라, 차분하고 예의바른 겉모습 뒤에 숨은 지저분한 욕망을 암시하며, 보이는 것이 전부가 아님을 떠올리게 한다.

누아르 영화와 범죄 소설에서 백인 남성 탐정이 질서를 집행하는 규준으로 설정된 것은 어쩌면 당연한 일이다. 한편 이러한 전형적인 모습에는 진실을 찾고 밝혀내려는 투지라는 또다른 측면이 있다. 도시 공간의 무질서를 냉정한 시선으로 바라보는 것 말이다. 이는 비단 미국만의 사정이 아니었다. 20세기 전반에는 준군사주의가 전 세계적으로 전성기를 맞이해 민족주의와 혁명적 형태의 폭력이 복합적으로 등장하면서 여러 지역에서 정치와 안보가 얽혔다. 국토안보의 준군사화와 함께 비공식 단체들의 일탈적 행위가 증가하면서 민간인 복장을 하거나 군복을 입는(또는 이 둘을 섞어 입는)'모호한 정체성'을 가진 단체들(공식 단체라 할지라도 정체성이 모호한)이 생겨났다.[2] 우구르 우미트 운고르에 따르면, 준군사적 집단은 자생적으로 형성되기도 하고 국가에 의해 만들어지기도 했시만 모두 부패와 폭력을 정당화할 때 악용되는 '비주류 정치'라는 특징을 공유했다.[3] 발칸반도, 아일랜드, 독일, 중국 등에서는 모두 20세기 전반에 준군사적 구조가 정치 및 사회의 생활상을 형성하는 것을 볼 수 있었다. 1930년대 미국 범죄 소설은 군대와 민간인, 도둑질과 치안 사이의 경계에서 발생하는 불안과 불법적이고 언제나 존재하는 지하세계가 주는 위협을 반영했다. 범죄 소설은 여러 면에서 상상력을 발휘하여 다층적이고 불투명한 환경에서 현실의 모습을 이해하

트렌치코트

고 풀어내는 역할을 했다. 미국 도시 지역의 이중적인 모습에서 비롯된 딜레마를 해결하기 위해 트렌치코트를 입은 캐릭터들이 등장한 것이다.

　법을 만드는 사람, 법을 집행하는 사람, 법을 어기는 사람을 구분할 수 없는 세상에서는 현실을 당연한 것으로 받아들일 수 없다. 영화 〈로라〉에서 트렌치코트가 범죄 여부를 의심할 수 있는 상징으로 등장하는 것은 폭력의 징후를 거의 알아보기 힘들 만큼 현실이 불투명하다는 두려움을 나타낸다. 범죄 소설이나 그뒤를 이어 나타난 누아르 영화에서 의식한 부분은 일반적인 범죄가 아니라 국가적 폭력과 비국가적 폭력의 경계를 모호하게 만드는 지저분한 정치에 기반을 둔 조직적 범죄였다. '모호한 정체성'은 암흑가 캐릭터의 의상 표현을 둘러싼 편집증을 반영한다.[4] 이러한 캐릭터들이 나타내는 특정 종류의 위협은 사람들이 스스로 그들의 충성심에 대해 느끼는 불확실성과 정비례하여 커졌다. 갱스터 이미지의 매력은 이렇게 강압적인 힘이 보는 사람에게 심어줄 수 있는 두려움에서 비롯된다. 애증이 철저하게 공존하는 캐릭터인 영화 속 갱스터는 공격적인 남성적 이미지와 함께 화려한 의상을 선보였다.[5] 의상은 그들의 파괴적인 행동을 반영했으며, 이 영화 속 깡패들을 보려고 영화관으로 몰려드는 대중은 그 모습만으로도 두려움에 떨었다.

이러한 캐릭터들이 만들어내는 공포와 욕망이 유독한 조합임은 명백했다. 할리우드 스튜디오들에서 제작된 누아르 영화와 기타 범죄 영화들은 1934년에 제정되어 1950년대까지 범죄, 폭력 및 성적인 묘사를 규제한 헤이스규약을 적용받았다. 불법적·비도덕적 행위는 영화 속에서 처벌받아야 했고, 이는 누아르 영화의 흐름 가운데 특징적 요소가 되었다.[6] 개혁론자들은 나르시시즘과 방종보다는 사회적 열망과 순응성을 선호했기에 콘

텐츠를 통제하려 노력했다. 누아르 영화는 규약의 제재 속에서 근근이 살아남았고, 〈말타의 매〉(1941), 〈안녕, 내 사랑〉(1944), 〈길다〉(1946)와 같은 영화들은 면밀한 검토를 받았다. 울라 루크조가 "소비 가능한 누아르 영화의 특성"이라고 지칭한 드레스코드는 갱스터의 화려함을 약화했다. 이들은 나름의 논리와 일련의 관습을 적용해 이러한 문제를 조절할 수 있었다.[7] 이렇게 제약된 분위기에서 영화 속 범죄는 더 심리적인 측면을 택했고, 영화 제작자들은 모호함과 예술성으로 규약을 피해가는 방법을 찾았다.[8] 트렌치코트는 이러한 영화적 관습을 활용하는 트렌드의 일부였다. 영화 제작자들에게는 폭력적·선정적 시나리오를 폭로와 은폐의 드라마로 은밀하게 다룰 여지를 제공하기도 했다. 트렌치코트 안에는 다양한 쾌락과 공포를 숨길 수 있었다.

험프리 보가트는 아마도 트렌치코트를 많이 입은 가장 유명한 영화배우일 것이다. 그는 미국 영화의 새로운 캐릭터 유형인 '윤리적 반항아이자 외톨이'를 표현하는 데 다른 배우들보다 더 열심이었다. 〈말타의 매〉에서 그가 연기한 샘 스페이드는 이러한 캐릭터 유형이 금욕주의와 세련된 스타일 덕분에 살아남을 수 있었음을 보여주었다.[9] 마이클 커티즈의 〈카사블랑카〉(1942)에서 그는 사랑과 조국 사이에서 선택을 강요받는 어두운 과거를 지닌 미국인 나이트클럽 주인 릭 블레인 역을 맡았다. 블레인은 일사 런드(잉그리드 버그먼)를 보내주는 것으로 전쟁에서 단 한 번의 영웅적 행동을 한다. 영화의 마지막 장면은 미국 영화사에서 가장 상징적인 장면 중 하나가 되었다. 트렌치코트를 입은 블레인과 세련된 슈트를 입은 런드는 안개 자욱한 공항 활주로에 서서 그들이 동경하던 미래에 작별을 고한다. 이 장면은 제2차세계대전이라는 배경 속에서 트렌치코트가 상실과 그리움, 자기희생적 남성성을 상징하도록 만드는데 그 무엇보다 큰 역할을 했을 것이다. 〈카사블랑카〉에서 트렌치코트는 고립주의(미국 우선주의)보다는 공동의 노력(연합군)을, 방종보다는 희생을 상징하는 옷으로 진화했다. 이는 제2차세계대전 당시 미국이 추구했던 공식적인 가치와 일치한다.[10] 그러나 블레인의 선택은 오롯이 그의 것이며, 트렌치코트가 그에게 부여한 독립성을 반영한다. 또다른 제2차세계대전 관련 드라마인 〈열쇠〉(1958)에서도 소피아 로렌의 고통스러운 상황이 트렌치코트로 몸을 꽁꽁 감싼 이미지에 반영되었으며, 생존은 도덕적 용기를 발휘한 자기반성적 행위의 결과로 제시된다. 전쟁 기간의 생존에서 집단적 규율보다는 개인적 규율이 더욱 다양한 서사를 형성했으며, 트렌치코트는 자율성의 상징이 되었다.

영화 속에서 트렌치코트는 시각적 인식의 신뢰성 자체가 문제시되는 불안정한 공간에 존재할 수밖에 없는 캐릭터들의 양가적 태도를 잘 보여주는 장치다. 전후 비엔나를 배경으로 한 캐럴 리드

미국 배우 험프리 보가트(1899~1957)의 1940년대 모습.
©픽토리얼 퍼레이드 / 아카이브포토스 / 게티이미지.

의 〈제3의 사나이〉(1949)는 '더치 앵글'* 카메라를 비롯한 혼란스러운 시각적 스타일로 비엔나를 불안정한 지역으로 표현해 불신과 의심을 증폭한다. 영화의 중심에 있는 해리 라임은 위기 상황에서 개인주의의 폐해(협잡질)를 생생하게 보여준다. 자율성은 구원의 열쇠가 될 수도 있지만, 남용하면 파멸의 지름길이 될 수도 있다. 검은색 트렌치코트를 입은 캘러웨이 소령은 군대의 권위를 상징하는 인물로, 그만이 혼돈 속에서 질서를 정립할 수 있을 듯 보인다. 카메라가 어둡고 미로 같은 공간으로 이동하면서 실루엣이 서사의 핵심이 된다. 관객들은 캘러웨이의 관료적 질서, 또는 해리 라임의 비공식적이고 혼란스러운 세계라는 두 가지 생존방식 중 하나를 선택할 수 있다.

영화에서 트렌치코트를 입은 인물이 시야에 나타나면 다른 것은 아무것도 눈에 들어오지 않는다. 영화적 묘사에서 트렌치코트는 다양한 서사, 신체 상태, 도덕적 입장 등을 반영한다. 블레인과

* 사각(斜角)이라는 의미로, 수직이나 수평이 아닌 비스듬하게 기울여 화면에 나타내는 기법.

같은 캐릭터에 부여된 금지 높은 자율성은 여성에게는 거의 해당되지 않으며, 느슨한 도덕성이나 절망적인 결과를 나타내는 신호로 작용한다. 로버트 올드리치의 〈키스 미 데들리〉(1955)는 맨발의 여성이 알몸에 트렌치코트만 걸친 채 어두운 도로를 미친듯이 질주하는 장면으로 시작한다. 그녀는 사립탐정이 운전하는 차에 올라타서는 숨도 제대로 쉬지 못한다. 차가 달리기 시작하자 그녀의 헐떡임은 라디오에서 흘러나오는 재즈음악과 어우러져 조금 지나칠 정도로 오래 지속되며 성적인 분위기를 만든다. 트렌치코트 안에 아무것도 입지 않은 섹시한 여성이라는 장치가 이 오프닝 시퀀스에 어울리는 것일까? 그녀는 제때 구출된 것일까? 트렌치코트를 입은 여성은 곤란하고 도덕적으로 모호한 자율성, 즉 불길한 일탈을 상징한다. 이 여성은 자율성을 추구하면서 현실을 통제하기는커녕 통제력을 잃고 상대를 유혹하는 인물로 그려졌다. 트렌치코트는 여성의 몸에 완전히 다른 질감을 부여해 통제력 상실, 성적 도착, 위험 등을 암시한다.

1950년대 들어 헤이스규약은 더 이상 유효하지 않게 되었다. 트렌치코트가 상징하던 것이 영화적 언어에 포함되면서 이 옷은 선과 악의 대립 구도에서 벗어났다. 이렇게 하여 관습에서 벗어난 트렌치코트는 미스터리한 느낌을 유지하면서도 영화 속에서 더욱 방종하고 복잡한 상태를 자유롭게 표현할 수 있게 되었다. 자극적인 연출을 위해 계산된 것이긴 했지만 트렌치코트는 이상적인 분위기 전환 장치였다. 〈바베트, 전쟁터로 가다〉(1959) 속 브리지트 바르도가 입은 트렌치코트는 전쟁 중의 기만을 코믹하게 표현했고, 매릴린 먼로의 마지막 영화 〈사랑을 합시다〉(1960)에서는 트렌치코트 특유의 활기차고 '보이는 것과는 다른' 극적인 잠재력이 드러난다. 영화 〈세브린느〉

179

미국 배우 케이 프랜시스, 1934~35년. 세턴 마그레이브의 〈영화 속 스타들을 만나다〉(런던, 1934~35년) 중에서.
©프린트콜렉터/게티이미지.

트렌치코트

(1967)에서 카트린 드뇌브가 입은 페이턴트 소재 블랙 트렌치코트는 이브 생로랑이 디자인한 것으로 불안과 내면의 혼란을 암시하며, 주로 억압된 성적 욕망을 가리는 역할을 한다. 영화 속에서 관능적 분위기를 조성하고, 위험과 기만을 암시하며, 노골적이거나 은밀하게 숨겨진 불안을 표현하는 등 트렌치코트는 갖가지 모습으로 나타난다. 영화에서 트렌치코트는 관객들이 제멋대로 품은 환상을 버리고 본질적으로 신뢰할 수 없는 세계에 자리잡도록 끌어들인다.

억제

가상의 탐정 필립 말로는 미국 범죄소설 속 트렌치코트를 입은 인물들 중 가장 큰 반향을 불러일으킨 캐릭터다. 레이먼드 챈들러가 창조한 말로는 위험한 임무를 맡고 도시를 누비는 탐정이 등장하는 많은 이야기들에 영감을 주었다. 대공황 당시의 로스앤젤레스를 배경으로 한 1939년의 소설 『빅 슬립』에서 말로는 건강이 좋지 않은 대부호 스턴우드의 협박 미수 사건을 수사한다. 이 소설은 훗날 하워드 휴스가 동명의 영화 〈명탐정 필립〉(1946)으로 각색했다. 이 책에서 탐정 말로의 여정은 대부호의 방탕한 딸들, 도시의 어두운 구석, 범죄가 난무하는 지하세계의 다양한 어둠의 인물들과의 조우로 이어진다.

말로는 수사를 진행하면서 1930년대 로스앤젤레스의 추악한 장소들을 누비며 뇌물 수수, 불법 도박, 살인 등을 목격한다. 세상 물정에 밝은 분위기와 멋진 겉모습은 보이는 그대로 존재하는 것이 없는 공간에서 환상과 현실을 구분해야 하는 그의 임무의 복잡함과 상충한다. 그는 경찰뿐 아니라 도시의 살인자들과 폭력배들에게도 접근하며, 능숙하고 교활하게 그들 사이를 오간다.
말로가 비 오는 날 밤 아서 가이거의 가게 앞에 세
워둔 차 안에 앉아 있는 장면에서, 우리는 신중하
고 자급자족으로 일을 처리하는 그의 성격을 알
수 있다. "나는 트렌치코트를 걸치고 가장 가까
운 가게로 달려가 위스키 한 병을 샀다. 차로 돌아
와서 몸을 따뜻하게 하고 계속 주의를 집중할 수
있을 만큼 마셨다."[11] 우리는 스턴우드의 저택
에서부터 에디 마스의 도박장, LA의 식당에서부
터 나중에 포르노물을 대여해주는 도서관이었던
것으로 밝혀진 가이거의 가게에 이르기까지 다
양한 세계를 오가는 그의 모습을 지켜보게 된다.

말로는 LA의 비밀을 파헤치기에 이상적으로 유
리한 위치다. 트렌치코트, 폭우, 어두운 실내, 줄
담배는 캐릭터들의 진짜 속내를 가린다. 말로의
남성성은 극도의 경계심(용의자를 기다리고 미행
하기), 정보를 거의 알려주지 않는 능력(대사 한
줄로 대화를 대체하기), 탐욕이 전혀 없는 점(수입
료를 받지 않음), 로맨스로 얽히는 것을 피하는 점
(스턴우드 가의 자매들은 모두 그에게 즉시 거절당

한다) 등에 기반한다. 여성은 이 거친 탐정의 일을 방해하거나 퇴락한 도시에서 그를 함정에 빠뜨리려 하면서 위험을 초래한다. 해결사이자 행동하는 사람인 말로의 트렌치코트는 그의 방어적이고 거친 이미지를 강화하며 범죄에 대한 저항뿐 아니라 매혹적인 여성과 검은 돈의 부패한 영향력에 대한 말로의 저항도 함께 드러내준다. 범죄 현장에 알몸으로 쓰러져 있는 카멘 스턴우드를 발견한 그는 그녀를 성착취의 피해자로 보고, 사건 의뢰인이 그녀의 아버지라는 것을 고려해 신속하게 그녀를 구출하고 적절하게 행동한다. "소파로 가서 트렌치코트를 벗고 여자의 옷을 더듬어 찾았다"는 장면에서 그의 꼼꼼함이 잘 드러난다. 일단 그녀에게 옷을 입힌 뒤에는 재빨리 증거를 찾고 책상을 잠근 다음 열쇠를 챙겨 다시 코트를 입고 현장을 빠져나간다.[12] 챈들러의 말로는 가장 극한의 상황에서도 침착한 모습을 보여준다.

이 소설은 선과 악 사이에서 줄다리기하는 진부한 이야기이면서 전쟁과 대공황의 충격에서 헤매는 전후 미국의 딜레마를 요약해서 보여준다. 영화학자 스탠리 오어는 이 이야기에서 보이는 것이 전부가 아니라고 말한다. 말로가 임무 속에서 추구하는 도덕적 목적과 아열대 지방인 캘리포니아의 야만성을 통제하려는 그의 불안한 투지를 연결하려는 식민주의적 색조가 드러난다는 것이다.[13] 오어는 챈들러의 분리 및 정화 작업을 더 넓은 맥락 속에 두고 말로의 위치를 더 큰 그림 내에서 보여준다. 말로가 "전형적인 트렌치코트로 몸을 감싸고, 카멘이라는 위험한 존재도 비슷한 옷으로 휘감는" 행동은 이질적인 몸, 동양적 내면, 타락한 여성으로 가득한 도시에 동화되는 것에 대한 챈들러의 두려움을 나타낸다고 주장하면서 말이다.[14] 이 이야기는 LA의 조직 폭력을 토템 기둥, 중국식 자수를 놓은 옷, '미친 눈'을 가진 캐릭터 등 기묘하고 낯선 대상과 연결한다. 말로는 상황을 통제하기 위해 "경계 유지" 임무를 수행하며, "일관적인 트렌치코트"는 그의 몸을 원시적인 힘의 위협으로부터 보호하는 역할을 한다.[15] 그의 임무는 과학적인 치안 유지의 범위를 넘어선다. 말로는 트렌치코트를 입고 추악한 환경으로부터 스스로를 구하고, 카르멘을 보호하며 정화 의식을 수행한다.

집안을 원래 있던 대로 정리하려면 유혹을 이겨내야 하고, 이를 위해 그의 트렌치코트는 (적어도 상징적인 수준에서는) 그의 임무를 어지럽히고 운명을 가로막으려는 위험한 타인들과 거리를 두어야 한다. 말로는 영향을 받지 않는 단단한 상태를 유지해야 하기 때문이다. 여기서 트렌치코트는 다시 한번 내부와 외부, 자아와 타자에 대한 불안감을 나타낸다.[16] 이 비밀스러운 코트는 표면적으로는 협박범의 수수께끼를 푸는 임무를 은유하는데, 이 임무는 궁극적으로는 수수께끼를 풀고 선과 악을 구분하는 것이다. 여성들은 자신들이 그럴 수 있는 경우 말로를 불안한 상태로 끌어내린다. 이는 "말로의 남성성 개념이 전적으로 폐쇄성과 오염되지 않는 것에 달렸음"을 암시한다.[17] 트렌치코트는 그를 밀봉해 위험을 피하게 하고, 그의 몸이 낯선 영향을 받지 않도록 하는 보호막으로 작용한다.

자신의 아파트로 돌아왔을 때 침대 위에서 어색하게 유혹을 시도하며 자신을 기다리는 카멘을 본 말로의 반응은 호기심이 아니라 분노였다. 카멘의 눈에서 "어떤 정글 같은 감정"을 보고 그녀가 침대에 남긴 흔적, 즉 "그녀의 작고 부패한 몸이 여전히 시트 위에 있다는" 증거에 격노한 그는 "침대보를 야만스럽게 조각조각 찢어버렸다."[18] 휴스의 영화에서도 말로는 소설과 비슷하게 청렴하다. 그러나 챈들러의 소설 속에서만큼 복잡한 불확실성은 부족하여 분명 강직하지만 좀더 편안한 느낌을 준다. 누아르 스타일 영화와 소설 속 많은 탐정들이 흔히 그러하듯 말로도 움직이는 관측소 역할을 하며, 그의 눈에는 현대 도시의 불안정한 순환과 리듬을 따르는 "도시 불안의 뚜렷한 양상"이 드러난다.[19] 트렌치코트를 입은 남성, 세련된 여성, 화려한 갱스터 등은 권위 있는 남성 캐릭터가 질서를 회복하는 드라마의 배경을 구성한다.

의복 상징들은 남성적 동지애와 권력을 유지하는 데 일조하며, 이들은 신체에 표식을 더해 억제(트렌치코트를 입은 남성)와 과잉(여성, 범죄자 및 외부인들)을 나타내도록 만든다. 챈들러의 소설 속 말로는 그레고리 반장과의 대화 속에서 경찰 반장들의 직업관을 듣게 된다. "경찰로서 법이 승리하는 것을 보고 싶다네. 에디 마스처럼 잘 차려입은 강도들이 손질된 손톱을 망가뜨려가면서 폴섬의 채석장에서 구르는 것을 보고 싶구먼."[20] 선과 악은 서로 대립하여 (진정한) 남자가 법과 질서의 수호자로 자리잡을 수 있도록 한다. 반면 "잘 차려입은 강도들"은 세심하게 균형 잡힌 질서를 무너뜨릴 준비가 된 위협적인 존재들이다. 트렌치코트를 입은 남성의 이미지에는 거리를 정화하고, 진실을 밝히며, 내부인과 외부인을 구분하는 어떤 원형에 대한 열망이 담겨 있다. 공식적인 인물들이 트렌치코트를 입는 것은 화려한 복식과 방종한 행동에서 한 발 물러섰음을 나타낸다. 이는 호기심 어린 시선과 교묘한 조작을 막아내기 위한 보호막을 요하는 일이다. 말로는 쉽게 영향을 받아서는 안 되며, 그의 갑옷도 마찬가지다. 따라서 트렌치코트는 상태가 변화하는 캐릭터들이 난무하는 미심쩍은 세계로부터 그를 안전하게 지켜준다.

누아르 룩은 주인공을 전문화해 갱스터 영화에

1978년 영화 〈카사블랑카의 살인〉 속 피터 포크.
ⓒ컬럼비아 픽처스 / 로널드 그랜트 / 에버렛컬렉션.

서 벗어났는데, 주인공을 갱스터만큼 강하지만 더욱 전형적인 백인이자 더 남성적이며 교육 수준이 높은 인물로 만들어 도덕적 모험가로 업그레이드한 것이었다. 트렌치코트를 입은 보가트를 통해 재탄생한 영화 속 말로와 블레인은 미국 남성성의 상징으로 자리잡았다. 보가트가 맡은 캐릭터의 이러한 인기에 힘입어 우디 앨런의 〈카사블랑카여, 다시 한번〉(1972)이나 로버트 무어의 〈카사블랑카의 살인〉(1978) 같은 패러디 영화에서도 안개 낀 터미널, 가슴 아픈 이별, 트렌치코트 등 중요한 영화적 순간을 나타내는 누아르 공식이 등장한다.

7. 아웃사이더들

불안과 이중성

한 가수가 전쟁으로 폐허가 된 베를린에서 고단한 삶을 살아간다. 제2차세계대전이 막 끝난 지금, 그녀에게는 자신의 지성과 매력, 그리고 트렌치코트를 비롯한 몇 가지 물건만 남아 있을 뿐이다. 빌리 와일더의 다크 코미디 영화 〈외교 문제〉(1948)는 전후 베를린에서 벌어지는 삼각관계에 대한 이야기로, 공화당의 여성 하원의원 피비 프로스트가 조사위원으로 베를린에 파견되어 황폐한 도시를 관찰하는 내용을 담았다. 그녀는 부당한 이득과 어두운 일들이 난무하는 지하세계를 발견하고, 독일 가수 에리카 폰 슐루토프에게 관심을 집중한다. 프로스트는 그녀가 나치 고위층과 연루된 것으로 의심하고, 그 동료를 찾기 위해 그녀를 추적한다. 이후 펼쳐지는 이야기는 음모와 야만적인 생존에 관한 내용으로, 트렌치코트는 두 여성이 가진 특유의 여성성을 강조한다. 폰 슐루토프는 노래를 부르던 클럽에서 급습을 당해 붙잡혔을 때 어두운색의 트렌치코트를 입어 자신의 화려한 무대의상을 가린다. 이는 또다른 가장이다. 폰 슐루토프의 트렌치코트는 그녀의 무대 위 페르소나를 위장하는 역할을 하며, 그 자체로 에로틱한 여성성이라는 가장의 또다른 층을 이룬다.

이브닝드레스 위에 숄만 걸친 침입자 프로스트는 아무 가림막도 없다. 이는 이렇게 추악하고 반쯤은 군사화된 환경의 위협에 맞설 수 없는 그녀의 무능을 상징하는 것으로, 갑옷이 없는 무방비 상태와 그녀의 순진한 오지랖은 나쁜 농담으로 축소된다. 프로스트의 구원자적 환상*은 주위 환경과 상충한다. 영화 속에서 그녀가 존 프링글 대위의 군복 트렌치코트를 빌려 입는 장면은 불안하며 그녀를 위태롭게 만들 것만 같다. 말로와는 달리 프로스트가 맡은 임무의 도덕적 목적은 그녀의 교활함이 부족해 오히려 약화된다. 이는 세속적인 폰 슐루토프가 다양한 영역을 쉽게 차지할 수 있는 것과 대비된다. 여기서 트렌치코트는 일시적으로 폰 슐루토프를 위험에서 보호해주지만 그녀는 다시 무대 위 페르소나로 돌아간다.

모호함이 현실의 삶에 영향을 주기에, 보이지 않는 위험에 맞서 스스로를 강화하려는 욕구가 트렌치코트를 영화와 문학에서 자리 잡도록 만들었다. 누아르 영화는 "불안, 무관심, 전후 편집증"과 함께 전후 남성성에 대한 불안을 반영한다.[1] 말로가 가까스로 숨겼던 식민주의적 임무는 냉전을

---

* 자신이 누군가를 구원하거나 변화시킬 수 있다고 믿는 착각.

〈외교 문제〉에서의 마를렌 디트리히와 진 아서, 1948년.
©필름퍼블리시티아카이브 / 유나이티드아카이브 / 게티이미지.

다룬 드라마 속 새로운 종류의 탐정의 등장으로 인해 그림자 밖으로 튀어나왔다. 이 반동적인 캐릭터들은 뻔뻔하리만치 당당하게 외부인을 표적으로 삼았다. 1950년대와 1960년대에 방영되었던 미국 TV 시리즈 〈드라그넷〉은 조 프라이데이 경사가 다양한 위협에 대한 분노로 로스앤젤레스를 누비며 전후 미국의 하위문화들 속에서 파렴치하게 범죄를 찾아나서는 모습을 그렸다. 이 시기까지 프라이데이의 트렌치코트는 "'나와 다른 존재'가 편재하는 미국 정치를 편집증적으로 드러내는 텔레비전 시리즈의 화신"인 그의 핵심적 상징이었다.[2] 프라이데이는 트렌치코트를 입고 자발적으로 사회로부터의 망명을 택한 형사 캐릭터를 새롭게 보여줄 뿐 아니라, 전보다 훨씬 더 많은 것을 알고 있는 인물이다. 어떤 면에서 누아르 스타일의 남성성에 기인한 이 시리즈의 보기 드문 스타일과 프라이데이의 끈기는 불순분자들을 추적하는 그의 무자비한 임무와 맞아떨어진다. 이는 증인은 어떠한 수식도 없이 사실에만 충실해야 한다는 그의 주장에도 반영되어 있다.

〈드라그넷〉, 잭 웹(1966 / 1967~70).
© 탈 / 〈TV 가이드〉 / 에버렛컬렉션.

트렌치코트

프라이데이는 영웅적 임무를 수행하기 위해 규칙을 어기며, 겉모습 뒤에 숨겨진 현실을 밝혀내야 하는 자신의 서사에 정상성을 복원하려는 결연한 의지를 보인다. 뤽 볼탕스키는 탐정소설의 구조상 진실을 쉽게 파악할 수 없고, 법이 국가의 전복을 막을 수 없으므로 "질서를 유지하는 것은 법을 유예하거나 회피하고, 예외적인 체제에 의존하는 것을 의미한다"고 주장한다.[3] 탐정 장르가 주인공을 사적 영역과 공적 영역의 경계에 놓는다면, 이 드라마는 이 영역을 신뢰를 회복하는 지점으로 부각한다.[4] 볼탕스키가 규정한 예외적 영역으로 모험을 떠나는 프라이데이의 임무는 챈들러 스타일의 거친 탐정 캐릭터를 통해 정보를 얻어 주변부의 질서를 회복하는 것이다. 이는 특히 이 TV시리즈의 두번째 시즌에서 분명하게 드러나는데, 이렇게 무질서하고 모호했던 탐정 캐릭터가 완전히 개조되어 "히피, 시위대, 대마초 흡연자, 흑인 무장 세력, 자유주의 지식인들"을 잠재적인 국가의 적으로 규정하고 다양한 "사회 전복의 상징"으로 만들어, 이를 찾아내고 처벌하는 역할을 맡는다.[5]

2002년 도널드 럼스펠드는 국방부 브리핑에서 "알려진 미지의 것들known unknowns"이 미국의 안보에 가장 큰 위협이라고 지목했는데, 이는 전형적인 우파적 방식이었다. 이 알려진 미지의 것들이 바로 프라이데이의 목표물로, 어디에나 있지만 숨겨진 위협이자 식별해낼 수는 없지만 반드시 추적해야 하는 대상인 것이다. 알 수 없는 것에 대한 두려움은 예외적 체제의 확장을 정당화하는 불안을 전면으로 끌어올렸고, 이는 냉전 시대의 담론으로서 모든 종류의 준공식 범죄에 면죄부를 주었다. 위협을 밝혀내는 프라이데이의 '본능'은 순화해서 말한다 해도 미심쩍은 능력이었던 것이다. 그는 외부인을 추적하면서 스스로를 체제전복적 인물로 위장하는 등 외부인을 모방할 뿐 아니라,

선동은 어디에나 존재하며 눈에 보이지는 않지만 그럼에도 불구하고 제거해야 할 실존적 위협이라는 사실을 기반으로 하는 '예외적 체제'에 의존한다. 이러한 메시지는 그야말로 소름이 끼친다.

탐정 장르가 세기 중반의 이데올로기적 의제와 만나 비정상으로 규정된 이들과 국가적 적들의 범위가 확대됐다. 그러면서 트렌치코트를 입은 남성 인물은 완전히 새로운 의미를 부여받았다. 이렇게 새로운 면모는 트렌치코트가 철저히 무자비한 이미지로 변신하는 길을 열어주었는데, 알랭 들롱이 〈고독〉(1967)에서 연기한 암살자의 모습에서도 드러난다. 단추를 꼼꼼히 여미고 벨트를 채운 트렌치코트는 그를 자신의 잔혹한 행위로부터 분리한다. 트렌치코트는 무자비함으로 명성을 얻으면서 신화적 소재가 되었다. 영화 〈킬 빌〉(2003)에서 엘리 드라이버의 트롱프뢰유 트렌치코트*가

* 극중 엘리 드라이버를 연기한 배우 대릴 한나는 코트에 트렌치코트 디테일을 프린트해 눈속임 효과를 낸 의상을 착용했다.

대표적인 사례로, 암살자 제복을 21세기에 맞게 재해석했다고 할 수 있다.

트렌치코트는 영화 속에서 묘사되었던 사회적 갈등의 변화와 함께 쇠락하는 대신 위장해 잠입해야 하는 아웃사이더늘의 모습을 지상하는 억할을 이어갔다. 장뤽 고다르의 누벨바그 영화 〈알파빌〉 (1965)에서 트렌치코트는 미지의 세계로 여행을 떠나는 주인공의 두려움을 증폭한다. 레미 코션이 알파60의 수수께끼를 쫓는 동안 트렌치코트는 그를 끊임없는 유혹과 뒤엉키는 관계로부터 보호해준다. 이 금지된 테크노 디스토피아의 논리에 빨려들어가지 않기 위해, 코션이 파시스트의 컴퓨터 제작을 수사하는 동안 신성한 망토인 트렌치코트가 동행하는 것이다. 트렌치코트를 입은 페르소나는 선악을 넘어 영혼 없는 과학적 발명이 세상을 억압하는 내용의 드라마 속에서, 컴퓨터로 가득한 연구실의 발명가들이 만든 기술관료적 악당과 싸우는 인물이다. 이와 비슷한 맥락에서, 리들리 스콧의 〈블레이드러너〉(1982)는 트렌치코트를 입은 전직 경찰 릭 데커드가 가상의 2019년 로스앤젤레스를 배경으로 생명공학 복제인간을 추적하는 모습을 보여준다. 그곳에서 그는 1940년대풍 스커트 슈트와 모피를 입은 풀 누아르 스타일의 레이철을 만난다. 이는 데커드가 복제인간으로 의심하는 대상이다. 보이는 그대로 진실인 것이 하나도 없는 〈블레이드러너〉 속 의상은 1940년대 누아르적 편집증을 재해석한 위에 포스트휴먼의 느낌을 더했다. 전후 미국 남성의 정체성과 목적의 상실이 트렌치코트와 페도라로 나타났다면, 이러한 영화들에서는 누아르 드레스코드를 통해 인간 자체의 '본질'과 진실성에 대해 씨름해야 할 또다른 질문들을 제시한다.

데커드의 임무를 낭만적으로 표현하기 위해 영화 속 해설자의 목소리는 무정하고도 "영화 〈제3

영화 〈블레이드러너〉(1982) 속 한 장면에서의 해리슨 포드.
© 스탠리 비엘레키 영화 컬렉션 / 게티이미지.

트렌치코트

의 사나이〉속 오손 웰스가 입었던 것과 비슷한 트렌치코트를 입은 주인공의 입으로 전달된다."[6] 사이버네틱 자본주의는 오래된 문제에 뿌리를 둔 새로운 딜레마, 즉 통치기관들의 흔적이 남은 부패로 제시된다. 복제인간들은 더 이상 과거의 갱스터들처럼 통제할 수 없으며, 권력자들은 이들을 위협으로 간주한다. 데커드는 불량 복제인간들을 소탕하기 위해 입대했지만, 누아르 신화에 걸맞게 이 임무에 도덕적 정당성이 결여되어 있음을 깨닫고 법의 통제범위를 벗어난다. SF소설은 제국주의적 수탈에 기반한 구조와 전쟁으로 지탱해온 기업의 탐욕 때문에 황폐해진 전후 서방세계를 괴롭혔던 문제들과 공명한다. 흐릿하고 누아르적인 분위기는 기후위기의 열기가 느껴지고 환경파괴로 황폐해진 도시의 황무지를 그려낸다. 우리는 주인공을 따라 사회 심장부까지 뻗은 끔찍한 부패를 파헤친다.[7] 전쟁에 지치고 소외되고 압도당했지만 여전히 도덕적 중추를 간직하고 있는 데커드의 트렌치코트는 〈블레이드러너〉에 이 영화만의 낭만성을 부여하며, 주인공을 연기 자욱하고 불투명한 미래 황무지의 희망의 등불로 그려낸다.

　세상의 주변부로 밀려난 인간들이 알아보기 힘든 도시 풍경과 미로 같은 공간에서 힘겹게 싸우는, 폐소공포증적 분위기는 포스트모던-포스트휴먼 세계에서 가능성 있는 생존방식을 확인시켜준다. 이러한 공상과학의 미래에서도 트렌치코트는 더욱 방어적 생존방식을 표현하며, 복잡한 세상을 헤쳐나갈 유일하게 안전한 장치는 개인의 주권임을 확인해준다. 드니 빌뇌브의 〈블레이드러너 2049〉(2017)에서 K는 30년 뒤 안드로이드를 '폐기'하기 위해 디스토피아적 풍경의 도시와 황폐한 대지, 산업화 이후의 대피소들, 로스앤젤레스의 황무지를 누비며 이들을 추적한다. 인조 모피로 안감을 댄 어두운색 트렌치코트를 입은 이 영웅은 강화 패널과 고성능 테크노 텍스타일로 업데이트된 미래 갑옷을 착용하고, 기후변화로 인한 숨막히는 공기로부터 자신을 보호한다. 그의 트렌치코트 주머니 속에는 합성 생명의 영역에서 인간성에 대한 희망을 간직한 어린 시절의 '기억'인 목마가 숨겨져 있다.

영화는 포스트휴먼식의 권위주의가 삶에서 영혼을 씻어내버린 것과 같은 느낌을 전달하려 인공성을 전면에 등장시킨다. K는 전보다 더 만연해진 사회의 부패에 지치고 나이 든 릭 데커드를 만나 깊고 불길한 대목에 들어선다. '치즈를 꿈꾸며' 인간성을 찾던 그의 환경은 상상을 초월할 정도로 훼손되었고, 두 형사는 생존을 위해 어쩔 수 없이 다른 이들에게서 고립되어간다. K는 보이는 것과 보이지 않는 것, 인공적인 것과 실존하는 것을 구분할 수 없어 의심에 사로잡히며, 권위주의적 디스토피아에서 고군분투하는 자신의 존재로부터 잠시도 놓여나지 못한다. 트렌치코트를 입은 그의 이미지는 좌절된 영웅을 상징하며, 이는 미지의 세계로 떠났던 초기 모험의 허세와 고독한 임무의 허무함을 드러낸다. 론 하워드 감독의 영화 〈한 솔로: 스타워즈 스토리〉(2018)에서는 또다른 종류의 탐험을 보여준다. 바로 한 솔로가 토비아스 베켓, 츄바카 등과 한 팀이 되어 아웃사이더들 간의 우정을 시험하며 은하계 모험을 떠나는 내용이다. 미래적인 트렌치코트를 입은 베켓은 영화 내내 좋은 사람에서 나쁜 사람으로, 나쁜 사람에서 좋은 사람으로 변신을 거듭한다. 한 솔로는 밈반의 전장에서 베켓을 처음 만나는데, 그는 제국군 장교로 위장하기 위해 헬멧과 갑옷, 그리고 제1차세계대전 배경 영화에서 영향을 받은 트렌치코트를 입은 모습이다. 그러나 나중에는 그가 은하계 범죄자였음이 드러난다. 트렌치코트로 완벽하게 위장한 베켓은 다양한 시련과 고난을 겪으면서도 자신의 진정한 충성심(끊임없이 변한다)을 숨기는 양면성을 지닌 인물이다. 생존을 위한 핵심 교훈으로 그가 한 솔로에게 준 현명한 조언은 '모든 사람이 너를 배신할 것'이니 아무도 믿지 말라는 것이었는데, 이는 주변부에서 살아가는 기민한 작전가로서의 그를 잘 보여준다. 악당도 영웅도 아니며 도덕이나 의리에 얽매이지 않는 베켓은 자신만의 스타일과 회복력을 가지고 살아남은 것이다. 우주가 아무리 여러 편으로 나뉘고, 적의 힘이 강하고, 형세가 아무리 험해도 베켓에게는 변하지 않는 한 가지가 있다. 바로 신화적인 코트를 둘러 몸을 감싸는 것이다. 베켓은 트렌치코트를 입고 갖가지 장소를 오가며 은하계의 위험한 미로 같은 공간들을 헤쳐나가면서도 무사히 살아남는다.

지적 자율성

알베르 카뮈는 1950년대부터 1960년대에 갑작스럽게 사망하기까지 트렌치코트를 즐겨 입었다.

"트렌치코트 안에 샤프한 갱스터 슈트를 입은" 채 1946년 인터뷰를 위해 〈보그〉 사무실을 방문했을 때 한 직원이 "젊은 험프리 보가트"라고 묘사했을 만큼 그는 누아르적 아웃사이더의 이미지를 잘 구현했다.[8] 카뮈가 선택한 스타일은 실존적 멋을 구체화한 형식으로, 도덕적 용기를 개인적 행동으로 드러내는 본능적인 자아 창조가 중심이 되었다.[9] 금욕적 이미지이자 주관적 현실로의 후퇴로서, 트렌치코트 실존주의는 자아를 억제하고 품위를 추구하는 자율적 스타일을 표방했다. 방어적 생존방식은 개인적 주권을 구축하며, 이를 통해 지식인을 아웃사이더로 형상화했다. 트렌치코트는 지식인을 향한 다양한 공격에 대한 상징적 방어 수단으로, 세속적 덫으로부터의 "쿨한"

트렌치코트

도피처이자 그 자체로 "말로 표현할 수 없는 분노를 가리는" 수법이었다.[10] 트렌치코트를 착용함으로써 암시하는 어두움은 주로 남성적 자만이었지만, 여성 작가들 역시 만연한 폭압에 대한 저항을 표현하는 트렌치코트의 상징적 가능성에 매료되었다.

미국 극작가 헨리 밀러에게 트렌치코트는 옷장 속 필수품이었다. 또한 작가 윌리엄 버로스는 무수히 많은 사진 속에서 벨트가 달린 트렌치코트를 입고 있다. 1933년 만 레이가 촬영한 파블로 피카소의 사진에서 피카소는 트렌치코트를 입고 앉아 있는데, 강렬함과 독립적인 자신감이 섞인 그의 모습에서 트렌치코트가 자율성을 표현하는 데 적합한 옷임을 알 수 있다.[11] 트렌치코트가 지식인들에게 독립적인 느낌을 더해주었다면, 시몬 드 보부아르, 기 드보르, 질 들뢰즈가 트렌치코트를 입은 이미지에서는 이들이 독립적인 관찰자로서의 위치를 확립할 수 있는 의복 상징을 찾으려 시도한 흔적을 볼 수 있다. 과학소설 작가 마이클 무어콕은 1940년대 후반과 1950년대 런던을 "모든 젊은이들이 트렌치코트와 낡은 중절모 하나만을 원했던 누아르적 시대"라고 회상하며, 불만과 환멸이 지배적인 사회 분위기를 반영하며 급성장 중이던 당시 문학계를 묘사했다.[12] 제국 신화가 사라지고 공격받은 런던은 이른바 '앵그리 영 맨'* 들의 연극과 필립 라킨(그의 씁쓸한 스타일은 잔인하게 좌절된 희망적 미래에 대한 희미한 메아리를 품었다) 같은 시인의 멜랑콜리를 드러내는 배경이 되었다. 무어콕 스타일의 작가들은 누아르 신화를 더 유명한 SF 세계와 대비했다. 무어콕은 여러 선택지를 가늠해보면서 자신의 딜레마를 다음과 같이 설명했다. "나는 젊은 시절 절반은 불평불만을 늘어놓는 이상한 파충류 말을 타고 화성의 사해 바닥을 가로지르고 싶었고, 나머지 절반은 트렌치코트와 짧은 챙이 달린 페도라를 쓰고 비에 젖은 대도시 거리를 걷고 싶었다."[13] 제국의 남성적 모험에 대한 지겨운 신화는 더 새롭고 더 넓은 이세계로의 탈출과 대조되었다. SF 판타지가 대체적 세계를 설정했다면, 신화적 누아르의 캐릭터들은 지속적으로 과거로 회귀한 것이다. 누아르 캐릭터들은 좋은 사람과 나쁜 사람을 구분하려는 허무한 과제와 함께 남겨져, 영원히 수수께끼를 풀어야 한다.

트렌치코트를 입은 캐릭터들의 좌절된 영웅담에는 백인 특유의 멜랑콜리가 드러났다. 이후 제임스 볼드윈과 같은 전후세대 흑인 작가들이 나타나면서 완전히 새로운 결을 얻은 트렌치코트는 제국주의적 갈망의 서사를 넘어서는 의미를 갖게 되었다. 볼드윈과 모더니스트 화가 보퍼드 딜레이니가 둘 다 트렌치코트를 입고서 대화를 나누며 1960년대 파리의 거리를 함께 걷는 장면을 담은 사진에서는 또다른 종류의 소외가 느껴진다.[14]

* '성난 젊은이들'이라는 뜻으로 1950년대 영국의 전후세대 젊은 작가들을 지칭하는 표현.

20년 전 뉴욕에서 처음 만난 두 사람은 보헤미안 서클에서 우정을 쌓았으며, 이 과정에서 딜레이니는 젊은 볼드윈에게 재즈를 소개하고 그의 초상화를 그리기도 했다. 볼드윈은 미국의 인종차별에 환멸을 느끼고 파리로 떠났고, 딜레이니는 그로부터 5년 뒤 망명을 시도했다. 딜레이니가 사망한 후 볼드윈은 다음과 같이 이야기하면서 그를 "절대적 진실성"의 표본으로 기억했다. "나는 그가 흔들리는 것을 여러 번 보았고, 살면서 그가 무너지는 것도 보았지만, 그가 굽히는 것을 본 적은 단 한 번도 없다."[15] 동료 예술가이자 동지애를 느꼈던 딜레이니에 대한 볼드윈의 기억은 고통, 망명, 반항으로 가득했다. 트렌치코트는 불안을 막아주지만 폭력을 예견한다. 적대적인 세상에 맞서기에는 취약한 방어다. 그래도 형태가 바뀌는 트렌치코트의 특성이 지배와 분열의 위험을 물리쳐줄 수도 있다. 욕구, 열정, 충성심 등을 가려주는 방패였던 트렌치코트는 감시가 확대되던 시기에 그 진가를 발휘했다. 지식인들에게 이러한 감시는 언제나 존재하는 위험이었고, 트렌치코트는 비인간화의 위협에 대항하는 상징적 방어 수단이었다.

프랑스 철학자 미셸 푸코는 규율사회의 비인간적인 영향으로부터 도피하겠노라 선언할 때 트렌치코트를 입었다. 1966년, 주간지 〈렉스프레스〉는 푸코의 저서 『말과 사물』을 논평한 "실존주의 이후 가장 위대한 혁명"이라는 제목의 기사에서 푸코를 장폴 사르트르 이후 가장 중요한 사상가라고 선언했다.[16] 이 책은 1970년에 '사물의 질서 The Order of Things'라는 제목으로 영역되었다. 그의 혁명적 잠재력을 확인할 수 있는, 지면의 4분의 3을 차지한 사진(제목 위에 실렸다)에서 푸코는 트렌치코트를 입고, 두꺼운 안경을 쓰고 지적인 미소를 짓고 있다. 평론가 마들렌 샤프살에 따르면 푸코는 과감하게도 "인간의 죽음이라는 비범한 소식을 알리려"[17] 했다. 젊은 푸코는 두 가지 자유, 즉 물리적 자유Freedom와 정치적 자유Liberty에 대해 의문을 제기했다. 그는 사람들을 비인간적인 존재로 가두기 위한 잔인한 그물망을 구성하는 것이 제도와 사물의 구속임을 파악하고 이를 비판했다.

푸코에 따르면, 인간의 경험은 의학이나 교육과 같이 자유와 계몽을 약속하는 구조에 의해 조직되고 제한된다(푸코는 나중에 감옥에 대해서도 썼다). 그의 인문과학적 탐구는 오랜 확신을 무너뜨리고 우리의 목을 조르기 위해 구축된 억압적 구조의 악몽을 드러냈다. 그는 이러한 억압적 구조가 우리가 문명과 희망의 표식이라고 믿어왔던 바로 그것들을 통해 우리를 궁극적 파멸로 이끌

트렌치코트

것이라고 생각했다. 사물의 작용력과 그것을 설명하기 위해 동원하는 공허한 말들로 돌아가보면, 마치 제2의 피부와도 같은 옷이 모든 상호작용과 공격에 내재된 위협을 완화해준다는 듯 낡은 군복 코트를 입고 내재된 위험에 맞서는 지친 사람들을 볼 수 있을 것이다. 푸코에게 트렌치코트는 아무런 보호막도 되지 못했지만, 그는 트렌치코트를 입고 시민사회라는 가상의 보호막이야말로 우리가 가장 좋아하는 환상이라는 사실을 적절한 때에 상기시켰다.

8. 스타일

모호함

한 탐정이 갈색 가죽 트렌치코트를 입고 지하철에서 나와 분주한 뉴욕 거리를 따라 걷기 시작한다. 카메라는 거리에서, 위에서, 건물의 갈라진 곳 사이 등 다양한 각도에서 도시를 탐색한다. 탐정은 지인을 만나고, 택시를 부르고, 현장을 조사하는 등 액션의 중심이다. 여기까지는 익숙하지만, 이 탐정 스토리는 무언가 새로운 점을 보여준다. 흑인 주인공이 등장하는 최초의 탐정 영화인 고든 파크스 감독의 〈샤프트〉(1971)는 납치된 갱단 두목의 딸을 찾기 위해 고용된 존 샤프트가 지하세계의 범죄 조직들과 싸우는 이야기다. 샤프트는 특유의 폴

219

샤프트 역의 리처드 라운드트리가 1971년 뉴욕의 아폴로극장 앞을 걷고 있다.
ⓒ에버렛컬렉션.

트렌치코트

로넥 스웨터, 트위드 양복, 롱 트렌치코트를 입고 등장해 혼자서 사건을 해결한다. 그는 이전에 나왔던 많은 영화 속 탐정들처럼 도시 속 다양한 집단에 자유자재로 접근해 문제를 예측할 수 있으며, 경찰들과 대화하지만 그들을 믿지 않고, 흑표당과 갱단에 모두 인맥이 있다. 영화 〈블리트〉(1968)와 〈클루트〉(1971)처럼, 〈샤프트〉는 편집증적 분위기를 띠며, 강한 자율성을 가진 이들이 어쩔 수 없이 표준 절차에서 벗어나는 모습을 보여준다. 영화 예고편의 내레이션에서 알 수 있듯 존 샤프트는 "제임스 본드보다 뜨겁고, 블리트보다 냉정하다". 유능하고, 공정하며, 어디든 접근할 수 있는 샤프트는 "자신의 모호한 사회적 위치를 나타내는" 옷장을 갖췄다.[1]

할리우드 스튜디오 영화를 제작한 최초의 흑인 감독인 고든 파크스는 사진작가로 이름을 알렸으며, 샤프트와 마찬가지로 멋진 트렌치코트를 좋아했다. 몇몇 사진에서는 파크스가 "그를 대표하는 특징이 된 낡은 트렌치코트를 입은 채"[2] 카메라를 들고 일하는 모습을 볼 수 있다. 파크스는 미국 잡지사들에서 스포츠, 연극, 인종차별, 빈곤 등의 주제를 다루었지만 경력의 상당 부분은 〈라이프〉와 〈보그〉의 패션 사진작가로 보냈다. 파크스는 트렌치코트로 생존에 대한 이야기를 할 방법을 찾아냈고, 현대의 주인공이 얼마나 자립적이어야 하는지를 전하는 데 이 상징적 옷이 큰 도움이 된다는 사실을 이해했다. 존 샤프트 역할을 맡은 배우 라운드트리는 "사실 존 샤프트 캐릭터는 고든 파크스였다"라고 인정하며, 파크스가 옷차림을 정확히 표현하는 데 관심이 많았다고 회상했다.[3] 당시 흑인을 정형화·상품화한다는 비판을 받았던 이 영화는 의상 스타일 때문에 더욱 반발을 샀을 것이다. 그러나 1년 후 라운드트리가 말했듯, 샤프트의 캐릭터 의상은 영화 팬들에게 마법을 부렸다. 그는 워싱턴DC의 한 고등학교를 방문했을 때를 회상하며 이렇게 말했다. 학생들이 더 가까이 오기 위해 옆문으로 뛰어가 "내 가죽 코트를 잡고 있었다. 그들은 그 코트를 갖고 싶어했다!"[4] 샤프트의 외모는 영화의 매력 중 큰 부분을 차지했다. 라운드트리는 패션모델로 활동하며 전형적인 남성 스타일을 따르면서도 반전 매력을 살려 입는 감각을 키웠을 것이다. 파크스와 라운드트리는 패션을 잘 알았기에 〈샤프트〉에서 옷차림에 따라 권한이 부여되는 방식에 관한 더 넓은 이야기를 들려줄 수 있었고, 이를 통해 기존의 틀을 깨는 주류 영화를 만들 수 있었다.

트렌치코트는 다양한 투쟁과 변혁을 감추는 위장막이었기에, 해방을 위한 수단으로 활용되기도 했다. 1970년대 후반 마오쩌둥이 사망하고 문화대혁명이 끝나면서 중국은 개혁의 시기를 겪었다. 1978년 개봉한 다카쿠라 켄 주연의 일본 영화 〈그대여 분노의 강을 건너라〉(1976)는 중국의 새로운 의상 스타일에 영감을 주었다.[5] 가수 머우 쉔푸는 이 범죄 드라마가 자신의 옷장에 미친 영향

223

1960년대 영국 디자이너 하디 에이미스가 선보인 트렌치코트. 런던의 거리에서 하디 에이미스의 친구들이 다섯 가지 색깔의 트렌치코트를 보여주고 있다.
©키스톤프랑스 / 감마키스톤 / 게티이미지.

을 회상하며 이렇게 말했다. "다카쿠라처럼 보이고 싶어서 트렌치코트와 짙은 안경을 사고 머리를 길렀죠. (…) 트렌치코트가 정말 멋져 보였던 기억이 나요. 왕푸징 시장에서 파는 것을 보고 바로 샀죠."[6] 1970년대 중국의 정치 지형 변화를 보여주는 수많은 스타일 중 하나였던 이 의상은 문화적 변화를 가시적·육체적으로 표현했다. 1970년대 후반 중국에서 트렌치코트와 선글라스는 신체를 계몽하는 데 중점을 두었던 문화대혁명 시기의 의복 구조에 어두움과 미스터리적 요소를 더해 효과적인 시민권 담론에 기여했다. 트렌치코트는 깊이와 강렬함을 나타내기 위해 몸을 감싸고 가려서 신체를 다르게 배치했다. 일본·대만·유럽의 대중가요·영화 등으로 중국에 새롭게 유입된 문화 흐름은 사회주의 이후의 중국을 형성하고 패션과 스타일에 대한 태도도 바꾸었다. 새롭고 페미닌한 여성 패션과 함께 트렌치코트를 입은 남자들은 대중문화의 성적 매력을 되살렸으며 대중 소비 패션의 장을 열었다.

트렌치코트는 제1차세계대전 때 어느 정도의 영향력을 갖게 되었고, 이후 제2차세계대전을 거치면서 결정적인 위치를 점유해 20세기 역사의 핵심 상징이 되었다. 트렌치코트의 확산은 군복이 (보다 간편한 형태로) 민간 패션·스타일 범주에 들어오도록 만들었다. 실제로 1952년 미국〈보그〉는 "트렌치코트의 귀환"을 알렸다. 이 기사에서는 트렌치코트가 두 차례 세계대전을 거치면서 전시 임무를 끝으로 역사 속으로 사라지지 않은 것에 안도의 한숨을 내쉬며, 로런스오브런던 브랜드의 "카키색 포플린 소재에 라즈베리색 포플린으로 안감을 댄" 형태로 트렌치코트가 돌아왔다는 내용을 담았다.[7] 정기적인 귀환과 부활은 이제 트렌치코트 서사의 특징이 되었으며, 다음과 같이 이루어진다.

머리 위로 구름이 흘러가면 트렌치코트를 꺼내라. 디자이너들은 이 메시지를 이번 시즌 비공식 주문처럼 외고 있는 듯 보인다. 영국에서 태어난 이 아우터가 다시 한번 남녀 모두에게 모든 곳에서 유행하고 있기 때문이다. 이는 일리가 있는 이야기고, 항상 그랬다. 트렌치코트야말로 옷에 있어서 절대 실패할 염려가 없는 친구니까.[8]

패션의 스타일과 분위기의 격동은 트렌치코트를 과거에 남겨두기보다는 정기적으로 재창조한다. 학계에서는 트렌치코트와 같은 현대기술 디자인의 보편성 및 다양한 분야로의 확장, 미디어와 문학 서사에서의 상징성 등에 흥미를 느낄 수 있겠지만, 패션계에는 다른 의제가 있다. 언뜻 보기에 군사주의와 패션은 그리 잘 어울리는 한 쌍이 아닐 수 있지만, 군복은 실용성과 통일성을 지녔기에 패션 사전에서 한 자리를 차지하는 것이다.

트렌치코트는 마치 청바지처럼 변화에 저항하는데도 패션계에 받아들여진 의복 원형의 '캐논'(규범)이다. 상식, 안정성, 신뢰성, 충성도를 패션의 속성이라고 말할 수는 없다. 그럼에도 트렌치코트가 성공을 거둔 것은 '헤리티지 브랜드'에 투자하는 경향 덕분이다. 대형 브랜드들은 자신들이 예전에 출시했던 옷들의 원형을 새롭게 만들어 내놓는데, 젊은 디자이너들의 도움을 받아 브랜드에 새로운 생명을 불어넣고 브랜드의 인지도를 높이며, 쿠튀르*의 과거를 재조명하는 것이다. 오넬라 피스틸리가 "헤리티지와 창조성의 상호작용"이라고 부른 것은 과거의 옷을 가져와 문화적 상상으로 통합 및 재창조하는 것으로, "패션의 역사와 이미지를 새로운 방식으로 수용하는" 다양한 방식과 일치한다.[9] 패션에서 과거는 현재에도 존재하며, 과거의 문화적 대상은 감각적이고 즉각적인 방식으로 역사적 인식을 물질화한다.[10] 또한 패션은 근대성의 징후로서, 대도시 자본주의 에너지에 의한 변화의 속도가 점점 빨라짐을 의미한다.[11] 이렇게 빠른 변화 속도는 점점 더 많은 기업들이 디자인 영감을 얻기 위해 과거를 파내도록 유도하며, 이는 패션이야말로 반사적인 동시에 회피적인 트렌치코트의 표면과 같은 "현대성의 아이러니", 즉 알면서도 모르는 척하는 게임임을 보여준다.[12]

〈선데이 타임스〉의 스타일 저널리스트는 트렌치코트가 장수하는 현상에 대해 "모든 최고의 패션 아이템들과 마찬가지로 트렌치코트도 실용적인 아이템으로 시작했지만," 알렉산더 맥퀸이나 마틴 마르지엘라와 같은 디자이너들 덕분에 "선

* 고급 맞춤복.

229

호되는 겉옷으로 재탄생했다"고 설명했다.[13] 이러한 재창조 및 재탄생은 스타일에 관한 글을 쓰는 이들에게 즐거움을 주며, 헤리티지와 창조성의 상호작용을 보여주는 증거기도 하다. 선택 가능한 트렌치코트의 종류는 무한에 가깝게 많은데, 이는 "시대를 초월한 더블브레스티드 트렌치부터 면 원단에 금속을 섞어 주름을 잡은 '디스트레스드'* 스타일까지 다양한 종류로 출시"[14]된 에이미 조의 2006년 트렌치코트 라인에서도 잘 드러난다. 실용적이고 단순명료하게 재해석한 디자인부터 다양한 장식과 낡은 것처럼 만든 디자인까지, 트렌치코트는 하나의 테마에 다양한 변형을 줄 수 있는 패션 아이템이다. 그러면서도 트렌치코트는 특유의 미스터리한 분위기를 지녔기에 다른 '패션 필수 아이템'들과는 차별화된다. 트렌치코트는 전쟁의 역사에 그 뿌리를 두었지만, 지난 세기 동안 탐정부터 종군 기자, 지식인부터 팝스타, 도시 경찰부터 스타일 전문가에 이르기까지 모든 이들의 존재방식에 영향을 주었다.

볼티모어의 레인코트 생산자였던 이스라엘 마이어스가 1950년대에 런던포그 브랜드를 설립한 것도 이러한 트렌치코트의 매력을 일찍이 알아보았기 때문일 것이다. 마이어스는 비옷을 잘 알았고, 방수 마감 처리를 위한 갖가지 기술에도 익숙했다. 그는 미군에 고무 코팅 레인코트를 납품했으며, 영화 〈카사블랑카〉 속 험프리 보가트를 보고 트렌치코트 브랜드 개발에 착수했다.[15] 20세기 중반, 트렌치코트는 민간 영역으로 들어오면서 여성화되어 또 한번 재탄생했다. 이브 생로랑은 1960년대 초반 남성복 드레스코드를 차용해 쿠튀르 스타일에 활기를 불어넣는 작업을 좋아했는데, 이에 따라 트렌치코트를 여성용 스타일로 새롭게

＊ 일부러 낡거나 오래된 것처럼 개발한 소재 질감이나 디테일.

내놓았다. 2세대 페미니즘*이 문화를 장악하면서 트렌치코트는 1984년 〈뉴욕타임스〉 기사가 "여성이 차용한 최초의 남성복 스타일 중 하나"[16]라고 묘사했듯 편안하고 중성적인 룩으로 각광받았다. 이 기사에서는 그레타 가르보, 마를렌 디트리히, 캐서린 헵번 등을 열거하며 독자들에게 트렌치코트의 세련되고 여성스러운 특징들을 설득력 있게 설명한다.

트렌치코트의 역사는 젠더 불안으로 가득하다. 2004년 미국 〈보그〉 기사는 마치 장폴 고티에의 트렌치코트가 패션에 민감한 여성들에게는 다소 지나치게 남성적일 수 있다는 식으로 "조금 더 여성스러운 대비 요소를 더하면 중성적인 매력이 더욱 배가될 것"이라고 주장한다.[17] 그러나 여성 소비자들에게 트렌치코트는 완벽한 위장옷으로 소개되기도 한다. 트렌치코트는 "인생이 당신에게 던지는 모든 것들"에 대한 해결책으로서, 난관에 맞서 분투하는 여성을 위한 부속품으로 홍보된다. 이는 잡지 〈레드북〉에서 여러 유명인들을 열거하며 트렌치코트의 다양한 활용도를 입증하려 시도한 2013년 기사에서도 볼 수 있다.[18] 위 주장에 무게를 싣기 위해, 이 기사에서는 오드리 헵번의 "성스러운 아름다움을 가진" 트렌치코트 스타일, 타이라 뱅크스의 "섹스어필" 스타일, 케이트 미들턴의 "햇볕에 고급스럽게 살짝 그을린" 룩 등을 언급했다.[19] 몸매를 바꾸어주는 이 옷을 입으면 원하는 인물의 스타일로 변신할 수 있다는 것이 이 기사의 요지다. 트렌치코트를 통해 패션 소비자들은 어디든 돌아다닐 수 있는 자유로움과 몸을 감싸주는 데서 오는 안전한 느낌 사이의 균

* 1세대는 20세기 초반 여성의 참정권 및 투표권, 재산권 등 법적 제약을 없애는 운동이었으며 2세대는 1960년대부터 가부장적 사회제도와 그에 따른 가정 및 직장에서의 불평등한 관행을 비판했다.

〈티파니에서 아침을〉 속 오드리 헵번과 조지 페파드, 1961년.
©에버렛컬렉션.

트렌치코트

형을 찾을 수 있는데, 이는 트렌치코트 등장 초기에 군복을 입은 여군들의 모습과도 비슷하다.

트렌치코트는 너무 우아하거나 너무 남성적이거나 너무 유동적이라는 논란이 있었으며, 여성에게 섹시해야 한다는 압박을 지나치게 준다는 점에서 가시성 및 비가시성 문제가 다시 한번 제기되었다. 트렌치코트 안에 숨은, 또는 숨어 있다고 추정되는 성적 욕망은 누아르 영화 〈키스 미 데들리〉와 B급 영화에 깔린 성적 폭력의 분위기를 떠올리게 한다. 이러한 연관성에서 촉발된 것이 1970년대 영국 광고판에 게시된 지지Gigi의 속옷 광고 논쟁이다. 이 광고판 속에서는 트렌치코트를 입은 여성이 밤에 불 꺼진 어두운 거리를 걸어가면서 두려워하는 표정으로 카메라를 바라본다. 삽입된 이미지에는 같은 여성이 등장하지만 이번에는 카메라가 그녀의 시선에서 벗어나 있으며, 트렌치코트를 벗고 안에 입은 속옷을 드러낸다. 그리고 광고 문구는 " 표면 아래에 지지의 속옷을 입은 그들은 모두 사랑스럽다"였다.[20] 작가 로절린드 카워드는 영국광고표준협회에 보낸 공개서한에서 "표면 아래 우리는 분노한다"라고 질타하며, 이 광고가 성차별적이고 모욕적이라고 지적했다.[21] 트렌치코트는 위험과 안식처, 숨을 수 있는 장소이자 호기심을 자극하는 옷이라는 양가적 특성을 모두 지니고 있다. 정체성 문제와 연관된 트렌치코트는 신체를 성별에 따라 나누려는 요구에 저항하는 동시에 성적 가용성을 알리는 코드를 조작하기도 한다. 패션계에서는 트렌치코트를 클래식 아이템, 또는 옷장 속 필수 아이템으로 간주한다. 즉 트렌치코트는 결코 유행을 타지 않는다. 트렌치코트는 복잡한 문화적 서사로 인해 누구나 가지고 싶어하고, 위험하면서도 멋스러운 옷으로 인식되어 패션계에서 권위 있는 위치를 차지했다. 또한 트렌치코트는 도피처를 제공하는 동시에 소유하는 느낌과 자신감을 부여하며, 입은 사람을 적절히 보호해주는 동시에 앞으로 나아가고, 숨겨진 내면을 드러내고, 불확실성에 맞서고, 심지어 어딘가에 침입할 수 있는 권한을 부여한다.

패션과 시간의 언어에서 트렌치코트는 종종 시간과 결부된다. 미국 브랜드 'J피터먼'의 1990년대 카탈로그 〈트렌치코트의 시대〉는 다람쥐, 마멋, 프랑스의 장군, 뉴욕의 농부들, 영국 왕들의 모험을 소환하며 트렌치코트의 기원으로 거슬러올라간다.[22] J피터먼이 과장으로 유명한 브랜드이긴 하지만, 트렌치코트를 판매할 때는 굳이 이렇게 방대한 유산을 들먹일 필요가 없다. 트렌치코트는 그 자체의 역사가 있는 옷이기 때문이다. 트렌치코트가 군수품을 넘어 의미 있는 물건이 된 최초의 산업적 담론, 특히 사람들을 땅에서 '분리'하는 기능을 이해할 때 가장 핵심적인 요소는 시간이다. 트렌치코트를 입으면 인간은 땅 위에 있으면서도 땅에 속하지 않을 수 있다. 신체를 흙과 분리해주는 트렌치코트는 우리가 군인, 전쟁 특파원, 탐정의 발자취를 따라 미지의 영역을 안

카라 델러빈이 등장한 패션 하우스 버버리의 광고 포스터로 2014
년 잡지에 실렸다. 2010년대 버버리 크리에이티브 광고.

트렌치코트

전하게 통과할 수 있도록 해준다. 트렌치코트는 과거를 통해 미래를 파악함으로써 시간을 착각하게 만들기도 하는데, 버버리가 브랜드의 유산을 소비자들에게 전하기 위해 2009년 '아트 오브 더 트렌치' 웹사이트를 론칭하며 디지털 미래로의 모험에 나선 것도 이와 같은 맥락이었다. 당시 크리에이티브 디렉터였던 크리스토퍼 베일리는 이 웹사이트를 두고 "버버리의 팬들이 브랜드의 문화 및 트렌치코트의 감성적 측면과 소통할 수 있는 방법"이라고 이야기했다.[23] 트렌치코트의 역사를 보여주는 기록과 소비자들이 브랜드의 기존 패션 아이템을 착용한 자신의 모습을 담은 사진을 올릴 수 있는 사진 저장소를 결합한 이 웹사이트는 감정 몰입을 요하는 기술로써 패션 전통을 드러냈다.[24] 2016년 두바이에서 시작된 '아트 오브 더 트렌치' 중동 캠페인은 "영국 캐슬퍼드(상징적인 버버리 트렌치코트를 제작하는 지역)에서 온 여성 장인"이 "트렌치 제작 기법을 선보이는" 이벤트를 진행해, 트렌치코트의 기원으로 돌아가는 향수를 불러일으켜 브랜드 전통을 강조했다.[25]

239

버버리는 트렌치코트 제작의 혈통을 이어가고 있는 브랜드지만, 그보다 더 중요한 것은 과거를 통해 현재를 재창조하는 독창적인 방법을 찾아냈다는 점이다.

트렌치코트의 미래

패션은 시간 여행을 도와주며 트렌치코트는 신화 속 기원으로 돌아가도록 해주기도 하지만, 미래적인 환상 속으로 우리를 끌어들이기도 한다. 가레스 퓨, 뎀나 바잘리아, 릭 오웬스와 같은 디자이너들의 최신 작업에 나타난 디스토피아적 패션은 트렌치코트를 민족주의, 전염병, 기후위기 등의 새로운 공포와 불안을 담는 그릇으로 탈바꿈시켰다. 패션계는 PVC, 음침한 후드, 군복 망토 등 기술적 요소가 가미된 다양한 구조의 옷들을 통해 디스토피아적 분위기를 불러왔다. 종말을 알리는 옷이 '올 블랙'으로 규정되었다면, 가죽 소재 트렌치코트는 디스토피아적 의상의 대명사로 단연 눈에 띄는 아이템이다.

검은색 가죽 트렌치코트는 워쇼스키 자매가 각본 및 연출을 맡은 영화 〈매트릭스〉(1999)의 대표적인 의상이기도 하다. 금방이라도 닥칠 듯한 테크노 디스토피아를 시각화한 최근 영화 가운데 가장 영향력 있는 작품 중 하나인 〈매트릭스〉에서는 주인공들이 목적을 이루기 위해 물리 법칙을 왜곡하는 시뮬레이션 현실로 인해 신체가 흥미로운 역할을 맡는다. 패션 컬렉션과 코스프레 의상에 영감을 주는 〈매트릭스〉의 스타일은 네오, 트리니티, 모피어스의 의상에서 잘 드러난다. 총알과 감시, 다양한 물리적 위협에 저항하기 위한 도심 속 위장복인 모피어스의 트렌치코트는 처음에는 누아르의 화신으로 보이기도 한다. 영화가 진행되면

앤디 워쇼스키와 래리 워쇼스키의
1999년 영화〈매트릭스〉속 키아누 리브스.
ⓒ로널드 지모닛 / 시그마 / 게티이미지.

트렌치코트

서 네오와 트리니티를 비롯한 영웅적 캐릭터들은 트렌치코트를 입고 장엄한 전사로 변신하며, 큼직한 트렌치코트는 이들의 위상을 높이고 무기를 숨겨주는 도구라는 것이 분명히 드러난다. 영적인 리더십을 상징하는 검은색 코트는 거의 땅에 닿을 듯 길게 늘어져 있어, 캐릭터들이 구원자적 인물임을 강조해준다. 사무라이 영화 속 예수회 사제들의 예복을 연상시키는 〈매트릭스〉의 검은색 트렌치코트는 전형적인 미래 판타지를 수정한 것이다. 광택 소재 트렌치코트를 원하는 영화 팬들은 이제 '매트릭스 가죽 코트 셀렉션'을 제공하는 수없이 많은 웹사이트를 찾을 수 있다. 그동안 우리가 올인원 점프슈트가 미래의 정복正服이라고 믿었다면, 이 영화는 검은색 트렌치코트야말로 진정한 우리의 운명적 스타일이라고 제시한다.

아프로 퓨처리즘은 다양한 옷을 재해석해 시간과 공간을 넘나들며 트렌치코트에 사이버펑크를 가미한다. 이는 암스테르담에 기반을 둔 브랜드 '데일리페이퍼'의 2019년 FW 컬렉션에서도 나타나는데, 이들은 마치 〈매트릭스〉에서 영감을 받

〈오로라공주〉, 엄정화, 2005년.
©시네마서비스 / 에버렛컬렉션.

은 세계관을 연상시키는 무지갯빛 광택이 흐르는 녹색 뱀피 소재의 벨트가 달린 트렌치코트를 선보였다. 이처럼 아프리카의 신비주의와 테크놀로지의 조합은 우리를 또다른 세계로 안내한다. 공격적이면서도 완벽하게 통제되는 현대의 트렌치코트는 폭력을 상징하면서도 그 구조적 뿌리를 드러내는 데 동원되기도 한다. 가수 비욘세는 〈링 더 알람〉 뮤직비디오에서 발목까지 오는 긴 트렌치코트를 입고 등장했다. 연인을 비꼬는 이 노래의 가사는 21세기 미국 경찰의 괴롭힘을 추악한 모습으로 묘사한 이 뮤직비디오의 도발적인 스타일에 묻혔다. 2006년 MTV 어워즈 무대에서는 더욱 신랄하게 선보여, 그녀는 시끄럽고 공격적인 사이렌 소리에 따라 행동을 시작한다. 뮤직비디오에서 그녀는 바닥까지 내려오는 트렌치코트 안에 반바지와 허벅지까지 올라오는 사이하이 부츠를 신었으며, 제복을 입은 경찰들은 그녀를 제지하려 하지만 실패한다. 비욘세가 입은 트렌치코트의 패러디적 요소는 경찰 제복을 망가진 시스템을 장식하는 겉치장에 불과한 가짜 표면으로 만들어버린

2006년 MTV 비디오뮤직 어워드 쇼. 비욘세가 미국 뉴욕의 라디
오시티뮤직홀에서 〈링 더 알람〉 무대를 선보이고 있다.
©제프 크라비츠/필름매직.

트렌치코트

다. 여기서 스타일은 표면적인 효과 이상의 의미를 지니며, 재현의 위기를 드러내고 제복이 민간인에게 부여하는 매우 현실적인 권한을 밝혀낸다. 비욘세의 서사는 그들이 제복을 입었다는 이유로 침입과 폭력을 승인받을 수 있다면 그녀도 똑같이 할 수 있다는 암시다. 비욘세의 이러한 정치적 메시지는 스타일의 서사가 부패를 폭로하는 데 유용하다는 강력한 예시로, 국가의 제복을 차용해 권력의 정당성이 얼마나 허술할 수 있는지 밝힌다. 여기서 트렌치코트는 형태를 변화시키고 역할을 뒤바꾸는 고유의 특성을 활용해 승부수를 띄운다.

결론

트렌치코트를 입은 인플루언서들이 패션위크 행
사장에 도착한다. 깔끔한 글과 멋진 룩으로 패션
계를 대표하는 이들은 상업적인 스타일 축제의 열
광적인 분위기와 딱 맞아떨어진다. 패션계 관계자
들은 "클래식 트렌치코트를 보기 전까지 패션위
크는 완성되지 않는다"[1]는 문구를 엄숙하게 읊
을 정도로 공식 석상에서 입는 트렌치코트의 매력
에 푹 빠져 있다. 수지 버블, 우메이마 엘부메슐리,
알렉사 청 및 많은 이들이 패션 행사 때 트렌치코
트를 입기로 결정했다. 그들은 자신이 무엇을 하
고 있는지 정확히 아는 것이다. 트렌치코트에는
계보가 있다.

지난 세기 동안 트렌치코트는 전쟁, 노사관계,

치안, 젠더 정치 등에 휘말려왔다. 트렌치코트를 전쟁이 낳은 기념품으로 해석하려는 시도도 있었지만, 그렇게 해서는 현대문화에서 트렌치코트가 갖는 영향력을 온전히 설명하지 못하며 어떻게 트렌치코트가 이렇게 오랫동안 생명력을 유지하는지도 설명할 수 없다. 트렌치코트의 디자인을 탄생시킨 것은 전쟁이지만, 전쟁이 도를 넘어 다른 분쟁으로 번지면서 트렌치코트는 다양한 변신을 겪었으며 그 의미는 우리가 모두 인식하지 못할 정도로 변했다. 트렌치코트는 애국자, 페미니스트, 저널리스트, 예술가, 디자이너, 철학자, 게릴라군, 배우 등의 집단을 매혹시켰으며 영화, 예술, 문학, 극장 속 캐릭터들을 장식했다. 트렌치코트는 이를 모호함을 나타내는 수단으로 인식한 이들의 공감을 불러일으키며, 자아를 구성 및 재구성하는 역할을 해주었다. 또한 다양한 정치 갈등에 휘말리면서, 트렌치코트는 폭력을 길들이는 20세기 특유의 기법인 실용성과 패션을 결합하는 실험으로 진화했다. 트렌치코트가 가진 모호함은 충성심을 재편성하는 지렛대로 작용했다. 지배적인 사회질서에서 소외된 이들에게는 적절한 순간에 압제자의 탈을 쓰는 것이 나름의 효과가 있다는 것이 밝혀진 것이다.

트렌치코트는 강인하고 믿음직하다. 입은 사람을 보호해준다. 신뢰가 간다. 아니면 트렌치코트에 대한 스타일 소개를 보다 보면 그렇게 믿게 된다. 빠르게 변하는 패션 주기에서 살아남는 옷은 거의 없지만, 트렌치코트는 여전히 신성불가침의 입지를 유지한다. 어쩌면 트렌치코트는 세속적이기보다는 신성한 옷일 수도 있다. 형태를 바꾸는 힘을 지녔으며, 겸손을 감추는 외피이자 변화의 순간을 기리는 존중받는 액세서리로서 트렌치코트는 현대성을 상징하는 부적으로 떠올랐다. 트렌치코트는 마치 변덕스럽고 쓸데없는 결정을 내리는 일이 많은 패션계가 정착할 스타일을 결정하기 위해 끊임없이 탐색하다 결국은 포기하고 "그래, 바로 이거야"라며 인정해버린 듯도 하다. 트렌치 코트가 미학적으로 완벽한 경지에 이르렀다는 이 야기는 결코 아니다. 낡아빠지고 칙칙하며, 진부하고 무미건조할 뿐더러 평범하고 형태도 없는 트렌치코트를 욕망의 대상이라고 보기는 힘들다. 그럼에도 평범한 겉모습에 가려진 트렌치코트의 매혹적인 특성들은 '클래식' '아이코닉한' '필수품' '자연스럽게 멋진' 등의 빛나는 수식어를 차지했다. 패션 업계의 스타일 전쟁, 게이트키핑 관행, 가혹한 상업적 판단 등을 상대로 통제와 실용성과 전통을 상징하는 아이템이 승리하는 모습을 목격하는 것은 신기한 일이다.

트렌치코트는 직물의 투과성 및 신체의 자연법칙을 거스르는 기능성 옷이기에 디자인 얼리어댑터들의 마음을 사로잡았다. 이제 트렌치코트의 매력은 창의적 가능성, 다양한 활용도, 위장·혼합·은폐 기능 등 훨씬 더 많은 요소와 관련이 있다. 트렌치코트는 유독한 환경에 투입되는 전문가를 보호하기 위해 방호 갑옷의 모든 특성을 갖추고 있었지만, 그 명칭은 지극히 상징적이었다. 자율적 행동과 용기의 상징인 트렌치코트는 미지의 영역으로 떠나는 허구 및 현실의 다양한 인물들과 위험한 여정을 함께했다. 더 중요한 것은, 문화적 서사를 통해 트렌치코트가 세상의 주변부와 경계로 모험을 떠나는 이들을 축복해준다는 이미지를 얻었다는 점이다. 이 서사는 독립성을 약속하지만 식민지 개척의 어두운 이면도 지녔으며, 적대적인 영역으로 진입하고 이동하는 어떤 방식을 구체화한다. 여기서 중요한 점은 이 이야기가 표면적으로 드러나지 않는 폭력을 내포한다는 사실이다. 트렌치코트는 군인, 탐험가, 기자, 정착민 등의 특성을 결합하여 새로운 영역으로 접근할 수 있도록 해준다. 권력에 대한 위험한 판타지가 트렌치코트를 입은 인물을 통해 동원되는 것이다.

고압적인 느낌을 잃고 해체되어 그 파편이 다른 것들과 섞였더라도 트렌치코트는 여전히 불멸의 존재로서 변형과 변이를 거치며 살아남았다. 트렌치코트는 수고와 희생의 원초적인 영역을 대변하며, 모험을 향한 인간의 충동을 반영한다. 또한 트렌치코트는 스타일 전문가들의 유니폼일 수도 있지만 패션의 관점만으로는 온전히 이해할 수 없는 존재기도 하다. 트렌치코트는 그 이상이다. 환상에 입각한 산업인 패션에서 진실에 대한 낯선 주장을 촉발하는 것, 이것이야말로 트렌치코트의 신화적 매력이다. 무엇보다도 트렌치코트를 입으면 시기적으로나 사회적으로, 또 권한의 부여나

문제 해결, 보호, 수용 등의 면에서 '딱 맞는' 느낌을 받을 수 있다. 그런데 우리가 우리를 둘러싼 환경과 관계를 맺는 방식에 대해 트렌치코트는 무얼 말하는 걸까? 우리는 왜 온갖 즐거움과 가능성과 창의적 만남을 제공하는 환경에 대해 우리가 움츠러들도록 디자인된 옷을 입고 이토록 만족하는 것일까? 트렌치코트가 부여하는 개인의 독립성에 대한 고집스러운 집착 속에서 우리는 분리되고자 하는 욕망을 드러낸다. 우리가 소중히 여기는 여러 디자인들과 함께 트렌치코트는 비인간적 힘과 에너지에 대해 고집스럽게 저항하는 모호한 휴머니즘을 반영한다.

투과성 없이 코팅된 외피를 가진 트렌치코트는 세상 속 우리의 위치에 대한 불길한 예감에 호소한다. 트렌치코트는 인간의 신체를 감싸주고, 허구적인 일관성을 부여한다. 이렇게 방어적인 표현으로서 우리의 몸을 감싸는 트렌치코트는 연약한 자아 의식을 노출하고, 어디에나 존재하는 특성을 통해 두렵고 취약한 내면을 수용하려 고투하고 있음을 알린다. 트렌치코트에 대한 우리의 애착은 기억하기 힘들 정도로 많은 공포와 불안을 뒤에 한가득 짊어지고, 주위 환경과 전쟁을 치르며, 스스로 후퇴하는 문화를 대변한다. 트렌치코트는 '저 너머에서' 맞닥뜨릴 수 있는 영향, 애착 및 얽힘의 흐름으로부터 단절되고자 하는 모든 존재의 방식을 구현하고 드러낸다. 트렌치코트는 이 옷이 만들어지게 된 방어적 성향을 깊숙이 드러내며, 요동치는 현실로부터 우리가 냉정을 유지하도록 해준다.

또한 트렌치코트는 가림막, 표면, 피부에 대한 우리의 끊임없는 집착을 나타내기도 한다. 신체를 감싸고 포용하는 막인 트렌치코트는 안과 밖의 안전한 경계를 표시함으로써 우리를 온전하게 만들어준다. 이 옷의 순전한 생명력은 20세기 이후까지 이어져왔으며, 안과 밖을 조화시키려는 그 상징적·물질적 시도는 모순으로 가득하다. 편향적이고 끊임없이 이동하는 트렌치코트는 폭력에 기반을 둔 환경의 불안정함을 드러내며, 군인과 민간인의 이분법을 무너뜨린다. 이러한 의미에서 트렌치코트는 본질적으로 비뚤어진 존재다. 군국주의가 시민사회에 끼친 악영향을 증언하는 이 옷은 지난 세기 동안 확실성으로부터의 집단적 퇴보를 포착하며, 외부세계에 대한 두려움을 폭로한다. 물론 트렌치코트는 전혀 보호기능이 없지만, 외부의 위협에 대항하는 상상 속의 방패인 이 옷은 현대 또는 포스트모던 사회의 병폐를 요약하는 것일 수도 있다. 트렌치코트의 실패는 우리가 무적이 아니라는 사실을 상기시켜준다. 현재의 문제들에서 벗어날 방법을 꾀할 수도 없고 말이다. 트렌치코트는 공허한 위로일 수도 있지만, 현재로서는 우리에게 그 포용력이 꼭 필요하기에 굴복할 수밖에 없을 것이다.

덧붙이며

트렌치코트는 다용도로 활용할 수 있는 실용적인 외투로, 마치 옷장 속의 스위스 군용 칼 같은 존재다. 이 상징적 디자인의 외형적 특징을 다시 한번 살펴보자. 트렌치코트에는 다양한 종류가 있지만, 클래식한 디자인은 주로 다음과 같은 특징을 갖는다.

● 비바람을 막아줄 수 있는 소재 (필수)

● 어깨 견장 (원래는 모자 휴대를 위한 것)

● 더블 브레스티드 (보온성)

● 버클이 달린 벨트 (항상 있는 것은 아님)

● 소매 고리 (찬바람 유입 방지)

● 주머니 2개 (보통 큰 사이즈, 원래는 군용 지도를

넣기 위한 것)

- 스톰 플랩 또는 '건 플랩' (빗물이 몸을 따라 흘러내려가게 하거나 총을 올려두기 위한 것)

- D링 (군사적 용도만 있는 디테일로, 탄약 운반용)

- 단추 (클래식한 종류)

- 칙칙한 색깔 (역시 클래식한 요소)

트렌치코트

감사의 말

원고에 대해 지원과 피드백을 준 크리스토퍼 슈버그와 이언 보고스트에게 감사드린다. 또한 프로젝트를 이끌고 나를 격려해준 하리스 나크비와 레이철 무어에게도 감사드린다. 나는 이 프로젝트를 시작하고 얼마 되지 않아 미국으로 이주했지만, 돌이켜보니 락다운 기간에 낯선 도시에 들어선 것이 트렌치코트에 대한 책을 쓰기에 충분한 소외감과 고립감을 주었다. 암스테르담자유대학교 교수진 동료들의 도움으로 이를 버틸 수 있었다. 특히 영화 속 트렌치코트에 대한 귀중한 통찰을 공유해준 이보 블롬에게 감사를 전하고 싶다. 이 주제에 대해 기꺼이 수다를 떨어주는 친구들과 항상 신선한 관점을 제시하는 아들 딜런 타이넌에게도 고마

움을 전한다. 마지막으로, 끝없이 차를 마시며 여러 초안에 대한 피드백을 주었으며 무엇보다 나를 믿어준 파트너 맷 프렌치에게 특별한 감사를 표한다.

주

들어가며

[1]   Bertrand M. Patenuade, "Mexico Centennials:
      Exile and Murder in Mexico", *Berkeley Reviews of
      Latin American Studies*, 2010. 저자는 트렌치코트 안
      에 일반적으로 알려진 얼음송곳이 아니라 단검, 권총,
      곡괭이가 있었다고 주장했다. 곡괭이는 1940년 8월
      트로츠키의 서재에서 그를 살해하는 데 사용되었다.

1. 본질

[1]   Virginia Woolf, *Mrs Dalloway*, (Oxford: Oxford
      University Press, 1998 [1925]), 14.

[2]   Jane Bennett, *Vibrant Matter: A Political Ecology
      of Things* (Durham: Duke University Press, 2010),
      112.

[3]   Eduardo Viveiros de Castro, "Cosmological Deixis
      and Amerindian Perspectivism," *The Journal of the
      Royal Anthropological Institute* 4, no. 3 (1988),
      482.

[4] Christopher N. Gamble, Joshua S. Hanan and Thomas Neil, "What is New Materialism?" *Angelaki* 24, no. 6 (2019), 112.

[5] Diana Coole and Samantha Frost, eds. *New Materialisms: Ontology, Agency and Politics* (Durham and London: Duke University Press, 2010).

[6] Bruno Latour, *An Inquiry into Modes of Existence: An Anthropology of the Moderns* (Camb, Mass: Harvard University Press), 231.

[7] Elizabeth Wilson, *Adorned in Dreams: Fashion in Modernity* (London: Vintage, 1985), 3.

[8] 전시 *Items: Is Fashion Modern?* Museum of Modern Art, New York. Oct 1 2017~Jan 28 2018. 카탈로그 내 트렌치코트 항목 "T-103", *Items: Is Fashion Modern?* eds. Paola Antonelli and Michelle Millar Fisher, (New York: MoMA, 2017), 257~58.

[9] John Tully, *The Devil's Milk: A Social History of Rubber* (New York: NYU Press, 2011), 36.

[10] Sarah Levitt, "Manchester Mackintoshes: A History of the Rubberized Garment Trade in Manchester," *Textile History* 17, no. 1 (1986), 51~69.

[11] John Tully, *The Devil's Milk: A Social History of Rubber* (New York: NYU Press, 2011).

[12] 앞의 책, 53.

[13] 앞의 책, 41.

[14] Levitt, "Manchester Mackintoshes," 55~56.

[15] 앞의 책, 56.

[16] Geraldine Biddle-Perry, "Fashionably Rational: the

264

evolution of uniformed leisure in late nineteenth-century Britain", *Uniform: Clothing and Discipline in the Modern World*, eds. Jane Tynan and Lisa Godson (London: Bloomsbury, 2019), 109~34.

[17] Max Weber, *The Protestant Work Ethic and the Spirit of Capitalism* (London and New York: Routledge, [1904] 2006).

[18] '"Heptonette", Cloaks.' *Jordan Marsh & Co. Dept Store*, Dry Goods Catalog, Massachusetts, Boston, 18. https://archive.org/details/pricelist00jord/page/18/mode/1up?view=theater&q=wet (2021. 8. 4. 접속)

[19] "Ladies and Misses' Mackintoshes."

[20] "Genuine Macintosh Waterproofs," *Alamy*, M41X5H. c. 1900.

[21] Celia Marshik, "The Modern(ist) Mackintosh," *Modernism/Modernity* 19, no.1 (2012), 46.

[22] David Trotter, *Literature in the First Media Age* (Camb, Mass: Harvard University Press, 2013), 112.

[23] James Munson and Richard Mullen, *The Smell of the Continent: The British Discover Europe 1814-1914* (London: Pan MacMillan, 2010), 219.

2. 전쟁

[1] Gary J. Clifford and Robert P. Patterson, *The World War I Memoirs of Robert P. Patterson: A Captain in the Great War* (Knoxville: University of Tennessee Press, 2012), 18.

[2] 앤드루 매카시(Andrew McCarthy)가 〈파이낸셜 타임스*Financial Times*〉에 보낸 편지, 2019.2.22.

[3] "Burberry Top-Coats," *The Sphere*, 24 Nov 1913, p. v. Mary Evans Picture Library, no: 10693671.

[4] "The Burberry," *Punch*, 3 June 1914, p. ix. Burberry Archive, London.

[5] Catherine Moriarty, "Remnants of Patriotism: The Commemorative Representation of the Greatcoat after the First World War," *Oxford Art Journal*, 27, no. 3 (2004), 295.

[6] 앞의 책, 294.

[7] 'coat' 항목, https://www.etymonline.com/word/coat. 'coat' 항목, 『체임버스 영어사전(Chambers English Dictionary)』 (Edinburgh: Chambers Harrap Publishers, 2007), 231.

[8] "영국의 '파란 경찰복'과 '카키색 군복'을 입은 소년들" 광고, *The Tatler*, 1 Dec 1915, Mary Evans Picture Library, no: 10691345.

[9] *Dress Regulations for the Army* (HMSO: Imperial War Museum, 1911), 11.

[10] '잼브린-삼중-삼중 보호(Zambrene-Triple-Triple Proof)' 포스터. 1914~1918. 왕립전쟁박물관. ID: IWM ART. PST 13697.

[11] '아쿠아스큐텀 방수 군용 코트' 광고, 1916. Mary Evans Picture Library. No: 11100035.

[12] Paul Fussell, *The Great War and Modern Memory* (Oxford: Oxford University Press, 1975), 50.

[13] Siegfried Sassoon, *Memoirs of a Fox-Hunting Man* (Norfolk: Faber, 1974 [1928]), 301~302.

[14] 앞의 책, 301~302.

[15] Fussell, *The Great War and Modern Memory*, 74.

[16] Mary Douglas, *Purity and Danger: An Analysis of the Concepts of Pollution and Taboo* (London: Routledge, 1966), 40.

3. 이동성

[1] George Augustus Sala, *Dutch pictures: With Some Sketches in the Flemish Manner* (Vizetelly, 1883), 160.

[2] George Orwell, *The English People* (London: Collins, 1947), 7.

[3] 앞의 책, 8.

[4] Alan S.G. Ross, "U and Non-U: An Essay in Sociological Linguistics," *Noblesse Oblige: An Enquiry into the Identifiable Characteristics of the English Aristocracy*, ed. Nancy Mitford (London: Penguin, 1959 [1956]), 26.

[5] Marshik, "The Modern(ist) Mackintosh," 46.

[6] '아홉 여성들이 군수품 공장 내 작업의 위험을 폭로하다(Nine Women Reveal the Dangers of Working in a Munitions Factory)', 왕립전쟁박물관. https://www.iwm.org.uk/history/9-women-reveal-the-dangers-of-working-in-a-first-world-war-munitions-factory (2021. 8. 4. 접속)

[7] 앞의 글.

[8] "Female Factory Workers—World War One," 1916. *Getty Images*. No: 514490724.

[9] "Great War Greenwich," *Memories of War*. http://www.memoriesofwar.org.uk/page/about_

us?path＝0p37p (2021. 8. 4. 접속)

[10] "The First Aid Yeomanry on the Western Front 1914~1918." 벨기에 육군 소속 응급간호 제4부대에 휘발유를 공급하는 모습. Imperial War Museum Collection. ID: Q107954.

[11] "광고, 주니어 스토어", 15 리젠트 스트리트, 날짜 없음.

[12] 앞의 자료.

[13] Juliette Pattinson, *Women of War: Gender, modernity and the First Aid Yeomanry* (Manchester: Manchester University Press, 2020), 101.

[14] Linda J. Quiney, *The Small Army of Women: Canadian Volunteer Nurses and the First World War*, (Vancouver: UBC Press, 2017), 102에서 인용.

[15] "웨스트버지니아 출신으로 미국 적십자 자동차부대에서 복무한 한 여성이 1917년 워싱턴DC에서 촬영(A woman from West Virginia who worked for the Red Cross Motor Corps photographed in Washington, D.C. 1917)," Library of Congress. ID: hec.09023.

[16] "Women of the Red Cross Motor Corps in WW1," National Women's History Museum, 19 October 2018. https://www.womenshistory.org/articles/women-red-cross-motor-corps-wwi (2021. 5. 3. 접속)

[17] Sarah Glassford and Amy Shaw, *A Sisterhood of Suffering and Service: Women and Girls of Canada and Newfoundland during the First World War* (Vancouver: UBC Press, 2013), 132.

[18] "VADs driver" Ernest Brooks. c. 1918. National

Library of Scotland Collection. ID: CC BY 4.0

[19] Pattison, *Women of War*, 102.

[20] Elizabeth Cobbs, *The Hello Girls* (Camb, Mass: Harvard University Press, 2019), 61.

[21] 앞의 책, 63.

[22] Krisztina Roberts, *Times*, August 17, 1914 and December 21, 1914; "All That is best of the Modern Woman: Representations of Female Military Auxiliaries in British Popular Culture, 1914~1919", *British Popular Culture and the First World War*, ed. Jessica Meyer (Leiden: Brill), 111.

[23] "Barkers Women's Service Section," *The Tatler*, 19 December 1917. Mary Evans Picture Library. No: 10724351.

[24] 앞의 자료.

[25] "Women's Trench Coats Sought," *The New York Times*, 31 July 1918.

[26] Cheryl Buckley, "De-Humanized Females and Amazonians:' British Wartime Fashion and its Representation in Home Chat, 1914~1918," *Gender and History*, 14, no. 3 (2002), 532.

[27] "Gifts for the Woman in Service, at Home and Abroad," *Harper's Bazaar*, November 1918, 66.

[28] Helen Zenna Smith, Not So Quiet⋯ Stepdaughters of War} (London: George Newnes, 1930), 163.

[29] 앞의 책, 170~71.

[30] Lucy Noakes "Playing at Being Soldiers': British women and military uniform in the First World War," *British Popular Culture and the First World War*, ed. Jessica Meyer (Leiden: Brill), 125.

4. 반란

[1] "Jean-Paul Sartre and Simon de Beauvoir in Paris." Porte d'Orleans in June 1929. Photo by JAZZ EDITIONS / Gamma-Rapho via Getty Images. ID: 117099183.

[2] Jeff Shantz, *Against All Authority: Anarchism and the Literary Imagination* (Exeter: Imprint Academic, 2011), 50.

[3] Marshik, "The Modern(ist) Mackintosh," 43.

[4] James Joyce, *Ulysses* (New York: Random House, 1946 [1920]), 108, 251, 327, 475.

[5] Paul Fussell, *The Great War and Modern Memory* (Oxford: Oxford University Press, 1975), 189.

[6] Marshik, "The Modern(ist) Mackintosh," 44.

[7] Nick Tabor, "No Slouch," *The Paris Review*, 7 April 2015.

[8] W.B. Yeats, "The Second Coming," *W.B. Yeats: The Poems ed. Daniel Albright* (London: Random House), 235.

[9] Gavin Foster, *The Irish Civil War and Society* (Basingstoke: Palgrave MacMillan, 2015), 95.

[10] Tom Barry, *Guerilla Days in Ireland* (North Carolina: MacFarland, 2011 [1955]), 50.

[11] Maurice Walsh, *Bitter Freedom: Ireland in a Revolutionary World 1918~1923* (London: Faber and Faber, 2015), 278.

[12] T. Ryle Dwyer, *The Squad: And the Intelligence Operations of Michael Collins* (Cork: Mercier Press, 2005), 18.

[13] Ernie O'Malley, *On Another Man's Wound* (Dublin:

Anvil Books [1936] 2002), 150.

[14] 앞의 책, 219.

[15] Elizabeth Bowen, *The Last September* (London: Vintage, 1998 [1929]), 33~34.

[16] Peter Costello, *The Heart Grown Brutal: The Irish Revolution in Literature, from Parnell to the death of Yeats 1891~1939* (Dublin: Gill and MacMillan, 1977), 159에서 인용.

[17] 앞의 책, 159.

[18] 앞의 책, 177.

[19] IRA 여성 대원들의 사진 (날짜 없음), 그림 15. Costello, *The Heart Grown Brutal*.

[20] James Matthews, *Voices: A Life of Frank O'Connor* (New York: Atheneum, 1983), 26.

[21] Frank O'Connor, *The Best of Frank O'Connor* (New York: Random House, 2009), 91.

[22] 앞의 책, 90.

[23] R.F. Foster, *Modern Ireland 1600~1972* (London: Penguin), 500.

[24] 'Broad Black Brimmer'; Gavin Foster, *The Irish Civil War and Society* (Basingstoke: Palgrave MacMillan, 2015) 96. From *Irish Songs of Resistance*, Vol. 2, p. 1. (날짜 없음).

[25] Foster, *The Irish Civil War and Society*, 96.

[26] O'Malley, *On Another Man's Wound*, 252~58.

[27] Aideen Carroll, *History Ireland* Vol. 6, Issue 5, 2008.

[28] Éimear O'Connor, *Seán Keating: Art, Politics and Building the Irish Nation* (Newbridge: Irish Academic press, 2013), 132.

[29] 앞의 책, 133.

[30] Gregory A. Schirmer, *A History of Irish Poetry in English* (Ithaca and London: Cornell University Press, 1998), 137에서 인용. 곰빈(Gombeen)은 고리 대금업자, 약탈자를 묘사하기 위해 아일랜드에서 일반적으로 사용되는 용어(현대 아일랜드어 gaimbín에서 파생)이다.

[31] Dan Breen, *My Fight for Irish Freedom* (Cork: Mercier Press, 2010), 145쪽 맞은편 페이지의 사진 (그림 27).

5. 르포

[1] Arnold Rampersad, *The Life of Langston Hughes: Vol 1: 1902~1941, I, Too, Sing America* (Oxford: Oxford University Press, 1986), 353.

[2] 앞의 책, 353.

[3] Antonio Téllez Solà, *Sabaté: Urban Guerrilla in Spain* (Dais-Poynter Limited, 1974).

[4] Marcella Hayes, "The Rebel Gesture: Anarchist Maquis of Barcelona 1939-60," *Spanish Civil War and Its Memory*, eds. Molly Goodkind, Marcella Hayes and Amanda Mitchell, (Edicions Universitat Barcelona, 2015).

[5] Marilyn Elkins, "The Fashion of Machismo," *A Historical Guide to Ernest Hemingway*, ed. Linda Wagner-Martin, (Oxford: Oxford University Press, 2000), 98~99.

[6] "토론토 '스타' 파견 전체 목록(The Complete Toronto "Star" Dispatches)", 1920~1924, 10~11;

Elkins, "The Fashion of Machismo," 99에서 인용.

[7] Elkins, "The Fashion of Machismo," 104.

[8] "Trenchcoats, Then and Now," *New York Times*, 24 June 1990.

[9] 앞의 글.

[10] 왼쪽부터 로만 카르멘, 어니스트 헤밍웨이, 촬영감독 요리스 이벤스. 스페인, 1937년 9월 18일. 스푸트니크(SPUTNIK) / 알라미(Alamy).

[11] Nicholas Reynolds, *Writer, Sailor, Soldier, Spy: Ernest Hemingway's Secret Adventures, 1935~1961* (New York: William Morrow, 2017), 16에 실린 사진. 원 출처는 Fernhout Photo, Nederlands Fotomuseum.

[12] Reynolds, *Writer, Sailor, Soldier, Spy: Ernest Hemingway's Secret Adventures, 1935~1961*, 15.

[13] Linda Wagner-Martin, *Ernest Hemingway's A Farewell to Arms*, 40.

[14] Lloyd R. Arnold, *Hemingway: High on the Wild* (New York: Grosset & Dunlop, 1977), 23.

[15] Elkins, "The Fashion of Machismo," 103.

[16] A.E. Hotchner, *Papa Hemingway: A Personal Memoir* (New York: Random House, 1966), 37.

[17] 앞의 책, 128.

[18] Ernest Hemingway, *The Garden of Eden* (New York: Scribner, 1986), 38.

[19] Howard R. Wolf, "Ernest Hemingway: After Such Knowledge…", *Cithara* 50, no. 2 (2011), 15. 337쪽 이후 린(Lynn) 전기 부분의 마지막 사진.

[2] "Trenchcoats, Then and Now," *New York Times*, 24 June 1990.

[21] Greg McLaughlin, *The War Correspondent* (London: Pluto, 2002), 19에서 인용.

[22] Kate Darnton, Kayce Freed Jennings, Lynn Sheer, eds. *Peter Jennings: A Reporter's Life* (New York: Public Affairs, 2007), 41~42.

6. 영웅 또는 악당

[1] Sheri Chinen Biesen, "Censoring and Selling Film Noir," *Censura e auto-censura*, A Bibbó, S. Ercolino, M. Lino (eds) Between, V 9 (2015): 1.

[2] Uğur Ümit Üngör, *Paramilitarism: Mass Violence in the Shadow of the State* (Oxford: Oxford University Press, 2020), 30.

[3] 앞의 책, 62.

[4] 앞의 책, 30.

[5] Stella Bruzzi, *Undressing Cinema: Clothing and Identity in the Movies* (London: Routledge, 1997), 70.

[6] Sheri Chinen Biesen, "Censoring and Selling Film Noir," *Between*, vol. V, n. 9 (2015), 2.

[7] Ula Lukszo "Noir Fashion and Noir as Fashion," *Fashion in Film*, ed. Adrienne Munich (Bloomington and Indianapolis: Indiana University Press, 2011), 75~76.

[8] Sheri Chinen Biesen, "Classic Hollywood and American Film Censorship," *The American Historian*. https://www.oah.org/tah/issues/2019/history-and-the-movies/classic-hollywood-and-american-film-censorship/ > (2021. 7. 23. 접속)

[9] Joel Dinerstein, *The Origins of Cool in Postwar America* (Chicago: Chicago University Press, 2017), 74.

[10] Jack Nachbar, "Doing the Thinking for All of Us: Casablanca and the Home Front," *Journal of Popular Film and Television* 27, no. 4 (2000), 5~15.

[11] Raymond Chandler, *The Big Sleep* (London: Penguin, 1970 [1939]), 32.

[12] Chandler, *The Big Sleep*, 39~41.

[13] Stanley Orr, *Darkly Perfect World: Colonial Adventure, Postmodernism and American Film Noir* (Columbus: Ohio State University Press, 2010).

[14] 앞의 책, 74.

[15] 앞의 책, 72.

[16] Marilyn Cohen, "Out of the Trenches and into Vogue: Un-Belting the Trench Coat," *Fashion Crimes: Dressing for Deviance*, ed. Joanne Turney (London: Bloomsbury, 2019), 157~67.

[17] Megan E. Abbott, "Nothing You Can't Fix:' Screening Marlowe's Masculinity," *Studies in the Novel* 35, no. 3 (2003), 307.

[18] Chandler, *The Big Sleep*, 172~73.

[19] Edward Dimendberg, *Film Noir and the Spaces of Modernity* (Camb, Mass: Harvard University Press, 2004), 171.

[20] Chandler, *The Big Sleep*, 222.

7. 아웃사이더들

[1] Lukszo "Noir Fashion and Noir as Fashion," 56.

[2]   Christopher Sharrett, "Jack Webb and the Vagaries of Right-Wing TV Entertainment," *Cinema Journal* 51, no. 4 (2012), 166.

[3]   Luc Boltanksi, *Mysteries and Conspiracies* (Cambridge: Polity, 2014), 30.

[4]   Robert van Hallberg, *The Maltese Falcon to Body of Lies: Spies, Noir and Trust* (Albuquerque: University of New Mexico Press, 2015), 14~15.

[5]   Sharrett, "Jack Webb and the Vagaries of Right-Wing TV Entertainment," 167.

[6]   Joseph W. Slade, "Romanticizing Cybernetics in Ridley Scott's Blade Runner," *Film Quarterly* 18, no. 1 (1990), 14.

[7]   앞의 책, 14.

[8]   Joel Dinerstein, *The Origins of Cool in Postwar America* (Chicago: Chicago University Press, 2017), 121.

[9]   앞의 책, 122~24.

[10] 앞의 책, 131.

[11] "Pablo Picasso, 1933." Photograph by Man Ray, THE MET. https://www.metmuseum.org/art/collection/search/265221 (2021. 8. 7. 접속)

[12] Michael Moorcock, *London Peculiar and Other Nonfiction* (CA: PM Press, 2012), 20.

[13] 앞의 책, 130.

[14] Nancy Hass, "The People James Baldwin Knew," *The New York Times*, 11 December 2020.

[15] 앞의 글.

[16] James Miller, *The Passion of Michel Foucault* (London: HarperCollins, 1993), 148.

[17] 앞의 책, 149.

8. 스타일

[1]   Bruzzi, *Undressing Cinema: clothing and identity in the movies*, 99.

[2]   Jake Gallagher, "One Icon, One Detail: Gordon Parks' Trench Coat," *Esquire*, 29 May 2013.

[3]   Guy Trebay, "Gordon Parks was the Godfather of Cool," *The New York Times*, 4 February 2021.

[4]   Judy Klemesrud, "Shaft—'A Black Man Who is for Once a Winner,'" *The New York Times*, 12 March 1972.

[5]   Antonia Finnane, *Changing Clothes in China: Fashion, History, Nation* (New York: Colombia University Press, 2008), 258.

[6]   앞의 책, 258.

[7]   "Weather Report: Return of the Trench," *Vogue* (US), vol. 120, issue 2, 1952, 90~91.

[8]   Kate Finnigan, "The best trench coats for men and women," *Financial Times*, 8 February 2019.

[9]   Ornella K. Pistilli "The Heritage-Creativity Interplay: How Fashion Designers are Reinventing Heritage as Modern Design," *ZoneModa Journal*, 8, no. 1 (2018), 93.

[10] Ulrich Lehmann, *Tigersprung: Fashion in Modernity* (Camb, Mass: MIT Press, 2000).

[11] Elizabeth Wilson, *Adorned in Dreams: Fashion in Modernity* (London: Vintage, 1985).

[12] 앞의 책, 15.

[13] "Trench Coats—How to wear," *Sunday Times* (UK) 24 March 2018, 6.

[14] Florence Kane, "Digging the Trench," *Vogue* (US) vol. 196, issue 12, 2006, 214.

[15] Bill Doll, "Trench Coat Man," *Fortune Small Business*, 10, 7, 2000, 124.

[16] June Weir, "The Trench-Coat Mystique," *The New York Times*, 4 March 1984, 697.

[17] "Turn Coats," *Vogue* (US) Vol. 194, issue 4, 1 April 2004, 210.

[18] "Closet Classic: Every Woman Needs a Trench Coat," *Redbook*, vol. 220, issue 4, April 2013, 104.

[19] 앞의 책, 104.

[20] Na'ama Klorman-Eraqi, "Underneath we're Angry: Feminism and Media Politics in Britain in the late 1970s and early 1980s," *Feminist Media Studies*, 17, no. 2 (2017), 231~47.

[21] 앞의 책, 231.

[22] Lyall Bush "Consuming Hemingway: 'The Snows of Kilimanjaro' in the Postmodern Classroom," *The Journal of Narrative Technique* 25, no. 1 (1995), 29.

[23] Samantha Conti, "Burberry Expands Social Networking," *WWD: Women's Wear Daily*, vol. 198, issue 98, 2009.

[24] 앞의 책.

[25] Khaoula Ghanem, "But First, Let Me Take a Selfie: Burberry's Art of the Trench Campaign Looks to the Middle East to Bolster Profits," *Vogue*, 13 April 2016. https://en.vogue.me/archive/legacy/burberry-art-of-the-trench-campaign-event-

dubai/ (2021. 8. 4. 접속)

결론

[1]   "Showgoers wore their best trench coats on day 5 of
       London Fashion week," *Fashionista*, 20 September
       2017. https://fashionista.com/2017/09/london-
       fashion-week-spring-2018-street-style-day-5
       (2021. 8. 5. 접속)

옮긴이 **이상미**
성균관대학교 의상학과 졸업 후 런던예술대학 세인트마틴에서
여성복 디자인을 전공했으며, 현지 디자이너 브랜드에서 어시
스턴트로 근무했다. 현재 번역 에이전시 엔터스코리아에서 출
판 기획 및 패션 분야 전문 번역가로 활동 중이다. 『패셔너블』
『스타일리시』『보그: 더 가운』『위대한 사진가들』외 여러 패션
전문 도서를 번역했다.

지식산문 O 03

트렌치코트

초판 인쇄 2025년 3월 7일
초판 발행 2025년 3월 20일

지은이 제인 타이넌
옮긴이 이상미

펴낸곳 복복서가(주)
출판등록 2019년 11월 12일 제2019-000101호
주소 03720 서울특별시 서대문구 연희로 28길 3
홈페이지 www.bokbokseoga.co.kr
전자우편 edit@bokbokseoga.com
마케팅 문의 031) 955-2689

ISBN 979-11-91114-78-2 04800
     979-11-91114-74-4 (세트)

이 책의 판권은 지은이와 복복서가에 있습니다.
이 책 내용의 전부 또는 일부를 재사용하려면 반드시 양측의 서면
동의를 받아야 합니다.
이 책의 일부를 어떤 방식으로든 인공지능 기술이나 시스템 훈련 목
적으로 사용하거나 복제할 수 없습니다.
No part of this book may be used or reproduced in any way for the
purpose of training artificial intelligence techniques or systems.

잘못된 책은 구입하신 서점에서 교환해드립니다.
기타 교환 문의: 031) 955-2661, 3580